學者之城

金絲眼鏡 著

寫作，是對抗心魔的最強大武器。

CONTENTS

學者之城 007

一、櫃臺 009

二、內褲 014

三、貝殼 021

四、Tetrahedron 026

五、無聲之聲 032

六、潛行 039

七、晚宴・序曲 045

八、晚宴・輪舞 053

九、晚宴・獨舞 061

十、晚宴・煙火秀 068

十一、賈奴斯之臉 075

十二、叛徒 084

十三、多重真相 093

十四、傷害・前篇 102

十五、混亂 109

CONTENTS

十六、傷害・後篇　117
十七、犧牲　127
十八、光霧　135
十九、救贖　143
後記　157

戰爭與和平與骷髏頭　161
後記　216

學者之城

世上總有人要負責擦鞋。

——凡東・姆斯，天際線大學，統御學系主任

一、櫃臺

當詹姆士・布朗收到天際線大學的入學通知時，他的家人遠比他興奮百倍。他成功進入最難考取的統御學系，他那世代擔任清道夫的叔叔接到電話時還興奮到差點掉進垃圾處理槽。

這裡是空中市，當地球表面不再適合人居時，一群人中之人打造了這座位於平流層的空中堡壘逃離煉獄般的地表，也順勢帶走將近五百萬人作為所謂的「工作聖者」。雖說這名字高尚的不得了，但說穿了只是群享受良好物質生活與無償醫療服務的勞工而已，例如差點掉進垃圾處理槽的那位老兄。

詹姆士・布朗的父母是對擦鞋人，在這個高度自動化的社會裡，擦鞋人已是工作聖者之中的貴族，因為最常服務貴族以至於被取了「小跟班」這個綽號，而人類社會早已放棄寶貴的民主精神許久。

曾經有個古希臘人認為俗世應當由哲學家統治並將知識與真理奉為圭臬，而萬年後的空中市顯然已經實現那個希臘瘋子的狂想。

議會是非世襲貴族的議事機構與行政中心，掌管空中市的運作並隨時監控工作聖者的行動甚至生育數量。這些握有大權的非世襲貴族是由過去有能力逃離地表的富豪、宗教領袖[1]與各國政治人物組成，內部尚有高高低低的位階區分權利義務並以大學教授為最高階層。然而，非世襲貴族是被製造出來的，這個神聖任務由議會高層負責，這一小批人才是真正堪稱貴族的一群，來自最初把人類帶上天空的科學家、航太工程師甚至藝術家等人類文明精華的後裔，是個近乎王室的神祕存在，雖然王室一詞並不存在於空中市，人們甚至厭惡這個詞彙而偏好「貴族中的貴族」這個拗口說法。

貴族與非貴族，只有進入大學與否這條線，擠進大學窄門意味著能活得像個有尊嚴的人一樣，包括行使法外正義的權利（或是免於在路上莫名其妙地遭到貴族拳打腳踢），而空中市早已在誕生之初成為一座由議會管理的城市。那是工作聖者用無償醫療服務換來的，他們視其為貴族最高尚的貢獻而甘心將參政權和所有族繁不及備載的權利雙手奉上。更糟糕的是，空中市只有一間大學，這意味著階級流動早已牢牢掌握在貴族手中。

上一個挺身而出試圖為所有人奪回自由的勇者是在三百年前，她的頭顱依然高掛議會門口，黨羽則被塞進大炮射出空中市。

詹姆士的外祖母是位曾經任教於天際線大學的工程學教授，但她不成材的女兒卻沒有達成期望進入大學，瞬間從貴族之首墜落到遠比大學新生還不如的境界，最後下嫁一位家境富有卻

1 相當遺憾的是，當他們抵達空中市之際就全數遭到處決了，文明向來需要的是宗教帶來的財富，而不是宗教帶來的偏見與以之為名的殺戮，那對拯救人類於自身導致的滅絕這場悲劇顯然幫助不大。

老在社交場合遭受排擠的擦鞋人。五十年後，詹姆士的母親因為貴族的法外正義而慘遭殺害，兇手是在天際線大學就讀博士班的球鞋收購狂，因為母親弄丟一條鞋帶而在某天半夜實踐正義並獲得輿論讚揚。

他甚至沒強暴那女人，多麼高尚，媒體一直把焦點擺在這裡。

然而，入學第一關不是那些貴族，而是狐假虎威的行政人員。

這些人不全是貴族，多數只是僥倖擠進天際線大學窄門的打字員或會計師，但他們時常宣稱自己握有低階貴族的權柄，甚至唆使被屏除在階級制度外的邊緣者，通常是住在空調管線和下水道裡的罪犯及其後代，殺害那些反抗制度的人。受害者清一色是全家族只有少數人進入大學的工作聖者子女，反正也沒人能為其出頭，因為每個人都害怕被射出空中市。

高聳的炮臺就聳立在議會旁，炮管穿出透明保護層對準無垠上空，三百年前那些所謂的叛亂份子就在眾目睽睽下被射進更上面的中氣層。

那種死狀並不好看。臥病在床的外祖母曾提醒詹姆士。還有……一定要記住，空中市的氣壓是被調整過的，如果天候系統故障將會殺死所有人。

「你並不符合申請助學金的資格。」櫃檯後頭長著一張青蛙臉的職員對詹姆士說道。

「但我已經跑完所有程序了！」詹姆士差點慘叫出聲。

「你的中學時期沒有工讀紀錄，看吧。」青蛙臉把螢幕轉向他。

「但……但那是之前的經歷啊！況且我已經是你們的新生了不是嗎？」

「抱歉，我們只認人不認學號，這個新制度是為了保障之前擁有優良工讀紀錄的學生，你這個小跟班過去沒參加工讀是你太懶惰。」青蛙臉把申請書往他臉上甩。「下一個！」

當那疊厚重的再生紙飛向詹姆士的鼻樑時，一隻手接住申請書把它們甩回青蛙臉頭上。

「你一定很討厭天外神助（deus ex machina），但公文砸臉是件羞辱人的事情，尤其是被這種垃圾羞辱。」那隻手的主人冷笑注視著鼻樑噴血的青蛙臉。

他穿著紫色長袍，那是貴族的標準配備。

「我不需要貴族的幫助。」詹姆士緊拳頭直到血液滲進指甲縫。「沒那筆錢我只好辦退學了，再見。」外祖母並沒有留下太多遺產，因為貴族必需支付全額醫療費用，這倒能促進經濟流動，不過有時頗惱人就是了。

「我喜歡幫助人。」年輕貴族對詹姆士伸出手。「我是亨利・德加斯，很榮幸能為你阻止這場小小危機。」

「可恥！靠關係的垃圾！」滿臉鼻血的青蛙臉指著他們大罵。

「說得你多高尚一樣。」亨利只是懶得跟他回嘴，這東西當初不知是幫忙殺死幾個麻煩人物才能坐進這張辦公椅。

「我不需要幫助，尤其是走後門得到的幫助。」詹姆士頭也不回地走出大門。

「所以你要去辦退學？」亨利轉為嚴肅地看著他。

「是的，我不需要忍受這座虛偽的地獄。」他聳肩回應道。

「所以就連奧莉維亞的外孫也不願進入學術殿堂囉？」

奧莉維亞・帕克是詹姆士的外祖母，經她改良後的天候系統在一百年前拯救整座空中市並沿用至今。

「如果有錢的話。」

「我會借你，我正好需要一個家教。」

「聽起來像本廉價愛情小說。」

「相信我，這絕對不會是本廉價愛情小說。」亨利露出狡猾的笑容。「我比較偏好阿道斯・赫胥黎[2]。」

詹姆士嗅到一股名為麻煩的氣息。

---

[2] 阿道斯・赫胥黎（Aldous Huxley，1894-1963），英國作家，以反烏托邦小說《美麗新世界》（*Brave New World*, 1931）聞名。

二、內褲

詹姆士・布朗狐疑地看著過於乾淨彷彿醫院的銀白色房間。

全宇宙大概只有住在空中市上層的貴族才會把家裡搞成這樣，外加一堆詭異的消毒設備和醜到不行的長袍家居服。至少從這點來看，工作聖者的品味可能還稍微好一點，因為他們除了外出用的藍色上衣外還有許多家居服選項，工作聖者永遠想不透這些貴族為何連在家裡都要遵守每個階級應該穿什麼的詭異規矩。

「今後你就住在這裡不需要回宿舍，打通電話跟親人說明吧。」亨利・德加斯扔給他一件看起來像病人在穿的袍子。「換上這個順便整理房間，這裡已經很久沒住人了，別跟我說工作聖者的家都像豬寮一樣。」

「幾乎相同，只差沒有消毒水味，還有豬寮明明已經是古字了……」詹姆士只是不願回想祖母去世前的那段時光。免費醫療並不保證長生不老，如今人們覺得四五百歲不算什麼，但對至親來說就連分秒都長於永恆。

「這已經是芳香版的消毒水了。」亨利攤手回應他然後快步踏出客房。「我先下樓拿個包裹，晚點我們再去吃飯。」

「拿個包裹還要親自動手，這傢伙腦袋鐵定有問題。」詹姆士無奈地嘆了口氣，這年頭只有那些緬懷數千年前生活的復古派才會沒事想流汗，除了可憐的工作聖者，他們得真的用汗水來換取尊嚴。

他打開行李箱尋找要擺進衣櫃裡的東西，不過就在按下衣櫃按鈕後，一條女用內褲掉了出來。

「正中紅心……」詹姆士嫌惡地用拇指和食指把內褲捏起來。「噁心死了，他該不會帶人回來吧？」他隨即聽見盥洗室傳來水聲。

他不安地走出房門，當他走到盥洗室門口時，裡面正依稀傳出歌聲。

女人的聲音？這下可好，亨利竟然騙他是自己一個人住。

「是亨利嗎？」歌聲的主人「刷」一聲把門推開。

他們同時爆出尖叫。

「變態！」盥洗用品像隕石般不斷飛來。

「對不起啦！」詹姆士連忙狼狽逃回房間，氣憤地拿起通訊器準備打給亨利。

「被我抓到了大變態！」那個女孩已經穿好內衣褲衝了進來。

「我不是變態啊！」

「妳怎麼在這？」亨利已經站在門口惱怒地看著他們。

「亨利！」女孩蹦跳到他身旁。「我房間裡有變態！」

「這才不是妳的房間。」亨利一把推開她。「抱歉，詹姆士，我不知道瑪莉為何會跑進來。」

「我被她的內褲砸臉！」

「這是瑪莉・托奈特，我的老鄰居兼開鎖大師。」亨利無奈地向他解釋。「她是個正在逃亡的邊緣者。」

「妳……是個罪犯？但妳是他的鄰居？怎麼可能？」詹姆士不敢置信地看著橘紅色長髮的女孩。

「說來話長，我才剛從地表回來。」叫作瑪莉的女孩撥了撥濕潤的秀髮回應道。「還好變裝技巧夠好才沒被發現。人們只重視外表，打扮得光鮮亮麗就沒人會問你是誰，就像穿靴子的貓那個故事一樣。」

「你們兩個……似乎都很愛古代的東西？」詹姆士呆愣地回應她，似乎被地表這個字嚇得一愣一愣的。

「貴族的另類喜好。」亨利把包裹擺在一旁。「聽好，瑪莉，如果妳來了就不要隨便跑出門，如果要去地表的話一定要跟我說一聲。」

「好嘛。」

「還有把衣服穿上去。」

「最討厭這袍子了。」瑪莉嘟著嘴把長袍套到身上。「欸你個變態，你坐到我的內褲了！」她對詹姆士嗔道。

「對不起嘛！」詹姆士連忙從內褲上跳開。

復古派貴族加上從地表回來的邊緣者？看來他的大學生活會很不好過。

「先去吃飯吧，詹姆士，那傢伙晾在這兒就好了，她會自己想辦法。」亨利拎著包裹走出房間，一邊揮手示意詹姆士電梯的方向。

「如果那女孩今後住在這的話我該怎麼辦？」詹姆士跟在他後頭哀號著。

「那就女士優先吧，你跟我睡。」

「不要！」不！這絕對會變成廉價愛情小說！

「你當然是睡地板。」亨利白了他一眼。「我會把空調開暖活點。」

「真是感謝你喔，話說我要教你什麼？我看你已經夠厲害的樣子了。」

「我是你的同學，你一定沒有仔細看新生名單。」

「我根本沒看，所以呢？」

「有些人能讓子女免試入學，他們的名字有特別註記。」

「呃，別跟我說你是……」詹姆士感到腸胃一陣翻攪，只有一種人擁有此種特權，他們從未在議會露面卻能主導整個空中市的運作。「議會高層的……」

民主制度對這群人永遠無效，他們正是帶離人類逃離災難的菁英後裔。

「是的，我是議會高層的一份子，貴族中的貴族。不過我向來離群索居，你不用擔心會碰上他們。」亨利聳肩回應他。

「所以那個櫃臺職員才因此認不出你嗎?他顯然只是把你當成比較高級的貴族而已。」詹姆士本來還想問他有關瑪莉的問題,但還是先別問好了以免惹來殺身之禍。

「他要是知道我的身分恐怕連尿都噴出來了。」

「仗勢欺人。」

「那個職員才叫仗勢欺人。」

「與其說仗勢欺人,不如說他們被僵化的政策綁死,現在想想他也只不過是在服從命令而已。」詹姆士無奈地靠在電梯牆上。

「服從命令只會讓人類走向滅亡,而我們總是在重蹈覆轍。」

「但服從命令有時卻能拯救生命……或是打贏戰爭。」

「空中市不需要戰爭。」亨利打開包裹說道。

「這是什麼?」詹姆士好奇地看著紙箱裡爬滿鐵銹的物體。

「無線電,一種古代通訊設備,我正和朋友試圖重建這種技術,挺好玩的。」

「你真不該念統御學系。」

「博雅教育(liberal arts)不正是我們老祖宗的最愛嗎?」

「但人類社會從古至今仍不過是台巨大的機器。」詹姆士實在不想反駁他。貴族永遠無法理解工作聖者的痛苦,他還僥倖因為祖母殘餘的庇蔭而得到高水準教育,不然擦鞋人怎麼可能輕易躍升低階貴族？不過這也讓他得同時兼顧工作與念書而忘記在中學時做那個蠢到不行的工讀，那種工讀根本毫無生產力可言，都只是為了升學加分用的。

「樂觀點，至少我們這些小螺絲釘還能一窺古人的機械如何運作。」亨利興味盎然地看著紙箱裡的無線電設備。

「你真是我看過最奇怪的復古派。」

「彼此彼此。晉升低階貴族的感想如何？你的眼神閃爍著高傲，那不是區區擦鞋人會有的表情。」

「雖然我厭惡權勢，但在這種社會中，我只能說我終於奪回失去的東西了。」詹姆士感到一絲優越，儘管站在他面前的人可能就是某個偉人的後代。

但他是奧莉維亞的外孫，她拯救了空中市。

他或許也有機會救人無數，如果他的統御學知識能讓永世無法翻身的人們獲得救贖。

「對了，我們等一下用餐的地方比較特別，不是城裡那種食堂。」亨利上車前提醒他。

「你是指電影裡那種燈光好氣氛佳的餐廳嗎？」詹姆士不禁想起餐廳這個字也快變成古字了，畢竟身邊所見幾乎都是勞動聖者，沒多少人有機會上餐廳。

「不，是小酒館。」

「這我更少聽到。」

兩人坐上小車飄浮到熱鬧的市區外，最後停在一片林蔭中，盡頭有間散發金黃燈光的小屋，詹姆士不安地跟在亨利後頭走了進去。

大門敞開後一切彷彿回到古裝片，他可是第一次見到真正的吧檯。

「是亨利啊！」酒保愉快地招呼他們。「摧毀空中市的計畫進展如何？」

「還在原地踏步，不過我們很快就能找到那些人渣的弱點了。」

三、貝殼

「摧毀空中市？你在搞笑嗎？」詹姆士的下巴快掉下來了。

「那只是我們問候彼此用的，他總是這樣別太在意。」亨利坐上吧檯時對他說道。「想吃什麼就儘量點吧。」

「老實說……我毫無概念。」詹姆士看著滿牆菜單不知如何是好，這些名字只有在博物館裡才見得到。

「那就先來些冷盤吧。」亨利戳了酒保一下。

「海鮮如何？今天從地表運來的新鮮貨。」酒保端出一盤生蠔。

「如何？」亨利看了詹姆士一眼。

「我不知道……」詹姆士難以置信地瞪著那盤海洋生物，他只在動物園看過這些東西而已。

「你一定不會後悔的。」亨利順便點了兩杯雞尾酒，真正的雞尾酒。感謝披著營養學專家外皮的宗教狂熱份子，空中市快找不到像樣的酒精飲料了，那些滿腦子天譴又愛自相殘殺的原始人根本是永遠無法從文明中剔除的毒瘤。

「我在電視上看過這些東西，但從來沒摸過，更別提吃過它們。」詹姆士看著櫥櫃裡寶石般的酒瓶發愣。「你也知道空中市民吃的都是那些裝在真空包裡的東西……」

「我當然知道，就連貴族也無一倖免，這裡可是人類飲食文化的最後綠洲啊。」亨利拿起撬開的生蠔向他展示著。

「不過我倒是喝過酒，工作聖者多數喜歡飲酒……但不是這種就是了。」詹姆士拿起高腳杯端詳半天。

「喔？那我就放心了，我可不想扛你回去。」

不過詹姆士還是醉倒了。

「喔喔你看他像頭豬一樣睡得好熟！」瑪莉幸災樂禍地戳著他的臉頰。

「閉嘴！」亨利一邊抱怨一邊把詹姆士扔回床上。

「你還沒向他解釋我的事情嗎？」瑪莉巴著他不放。

「還沒，時機未到，妳總不能一下就把人嚇死吧。」亨利禮貌地推開她。「不介意的話先回客房，我還有事要辦。」

「你就讓他這樣睡死在你床上嗎？他還沒洗澡耶。」

「讓喝醉的人躺地板也未免太可憐。」

詹姆士在幾小時後睡眼惺忪地爬起來，他從沒睡過這麼軟的床墊，不過就在他開始思考自己身處何方的時候，一陣噪音讓他嚇得差點跌下床。

「你在做什麼？」他瞪大眼看著正在分解無線電的亨利。

「研究機械。」

「看得出來，但現在已經很晚了。」

「頭會痛嗎？」

「別試圖轉移話題，亨利。」

「我是認真的。」亨利暗自高興了一陣，至少這傢伙會叫他的名字。

「還好。」詹姆士白了他一眼。「我去盥洗室梳理一下。」他在冰冷的走廊上暗自抱怨著自己跟肥皂劇裡的女主角一樣倒楣，但瑪莉又在這時霸佔盥洗室讓他只能悲慘地在外頭罰站。

「你睡這幹嘛？」半小時後，正要出門上廁所的亨利蹲下身不解地戳著他。

「啥？」詹姆士差點一頭撞上他。

「盥洗室！你睡在盥洗室外面！」

「因為瑪莉在裡面！」詹姆士指著盥洗室哀號。

「原來。她大概很中意裡頭的紅外線燈，那傢伙很怕冷。」亨利無奈地把門打開，裡面果然躲了正在呼呼大睡的瑪莉・托奈特。「樓上還有盥洗室，看來我們得把整層樓讓給她直到她回地表。」他順手把外套扔到詹姆士頭上。

「她是怎麼到地表去的？」詹姆士依然很想知道答案。

「當然是搭飛船啊，地表並沒有我們想像中危險。自從人類遠離後，地表正在逐漸恢復生機。」

「你忘記把那些沒離開地表的人算進去。」詹姆士想起只在工作聖者之間流傳的故事，有無數人被扔在下面等死，獨自與天災和未知的疾病奮鬥直到滅亡。

「根據這幾年從地表回來的人表示，那裡已經沒有人類了。」

「那還真是糟糕，我們的基因庫越來越貧乏了。」

「我話還沒說完。」亨利打開樓中樓的小門。「他們似乎演化了，極端環境果然會加快演化速度。」

「那更糟糕，這等於產生兩種不同的高智慧物種，如果免不了要面對面的話可能會產生衝突……甚至試圖消滅對方。」詹姆士把外套拉得更緊，這裡連空調都沒開簡直像冰庫一樣。

「也許我們才是該被淘汰的一群。」亨利走進盥洗室前對他歪嘴一笑。「就像當初那些人建造空中市一樣，他們也淘汰沒能上來的人。」

❖ ❖ ❖ ❖ ❖ ❖

又是個無眠的夜晚。凡東・姆斯教授若有所思地看著新生名單，左手輕撫正在打盹的雪白色波斯貓。

寵物一向是貴族的特權，許多工作聖者終其一生從未在動物園之外的地方觸摸非人類生物。

「議會高層終於有所行動了嗎？他們幾乎有數十年從未現身。」凡東・姆斯感到一絲不安，深怕系上察覺他改革社會的意圖。

他即將度過四百歲生日，也曾親眼目睹那位傳奇女子遭到處決。他願意犧牲自己換取所有人的尊嚴，但也無時無刻畏懼身邊所有人因他而受害。

他必須將這個號稱權力搖籃卻又骯髒不堪的統御學系導回正軌，貴族早已忘記古代聖哲真正的教誨，理想國將會因貪婪而再次走向滅亡。

那個議會高層派來的小子到底是何方神聖？他必須趁早摸清底細，必要時甚至將之拔除。

四、Tetrahedron

凡東・姆斯教授的開學第一天並不順利。首先是公寓大樓的電梯壞了，導致他得拖著過肥的身軀走到大廳搭車（「真是種侮辱！我不是那種需要流汗的人啊！」他氣憤地對警衛大吼）。接著是車子，每天都飄浮順暢的小車竟然在路上因為網路突然斷線而停了下來，害得他和司機狼狽地站在路旁等待救援，更悲慘的是當救援車到達時，那台該死的小破車竟然就莫名其妙地恢復連線了！

早知道就在之前有補助時換車，真不該如此節省。凡東・姆斯哀怨地看著保護層外湛藍的天空。

當他拖著沉重的腳步走進校園時，一台新穎的飄浮小車從他身旁呼嘯而過。正當凡東・姆斯一邊碎念這年頭的年輕人都過得太奢靡時，他聽見一個讓他昨夜無法入眠的名字迎面而來。

「亨利・德加斯你這個瘋子！」詹姆士從小車裡逃了出來。

「沒辦法啊要遲到了。」亨利把車停好後愉快地鑽出來。

「你知道自己闖了多少紅燈嗎？」詹姆士瞪了他一眼。「算了，我猜你不需要繳罰款！」

「誰說的？你以為貴族多好當？」亨利用手肘撞他一下。「要不要把法典拿出來看看？」

「我當然知道，但法律顯然對你們這種人沒用。」

「最好，你肥皂劇看太多了。」

「但現實的確是這樣而且有變本加厲的趨勢。」詹姆士看著四周不禁想起母親遇害的事情，那個兇手有沒有可能就在其中？

「好好好，我知道你的意思，我明天會早點起床。」亨利端詳他的表情回應道。「我知道發生在你家的那場悲劇，我絕不會站在殺人兇手那邊。」

「我以為你會叫他法外英雄？那是人們給他的稱號。」

「他甚至不配活著，即使我從不相信殺死罪犯能遏止犯罪。」亨利頭也不回地走向教室。

「人類總是在犯相同的錯誤，總有一天會自取滅亡。」

「也許人類還是能從錯誤中學到什麼。」詹姆士嘆口氣跟在後頭。

凡東・姆斯在角落目睹了這段對話，他狐疑地翹起眉毛。

「歡迎各位成為統御學系的新人。」幾分鐘後，凡東・姆斯恢復往常的保守模樣站在講臺前睥睨新生。「在這裡，你們將學習如何成為未來的統治者。」

「然後變得像他一樣癡肥。」亨利對詹姆士耳語害他差點笑出來。

「亨利・德加斯？」凡東・姆斯拿起名單假裝自己正在閱讀它，他早在上個月就把名單記得滾瓜爛熟了。「難得一見的大人物啊，統御學系已經很久沒有議會高層的子弟入學，更精確地說，你們已經半世紀沒露面了。」

所有人露出驚訝的表情看著亨利。

「這是我的選擇。」感謝教授的大嘴巴，亨利現在光用眼神就能讓所有人閉上嘴。

「不過空中市最崇高的價值仍是知識，希望你能在這個學術殿堂的洗禮下成為最最優秀的統治者，畢竟你可是流著不同的血液。」凡東・姆斯語帶奉承地說道，但內心卻不斷湧現對這個神祕人物的懷疑，根據剛才聽見的對話。「不過既然你是高層子弟，想必比別人更有機會接觸高深知識，先說說看你對《君王論》[3]的想法吧。」

「對一個恪守古典教條的人來說，要我評論這部被認為不道德的作品是否太過古怪？」亨利不甘示弱地回應他。

「不會，因為你已經優秀地回答我的問題，德加斯先生，但你還有更多要學習的東西。」凡東・姆斯盡可能讓自己的話語充滿讚嘆，雖然他知道那是不可能的。「你一定會成為這群新人裡的佼佼者。」

---

[3] 《君王論》（*Il Principe*）是文藝復興時期人文學者馬基維利（Niccolò Machiavelli, 1469-1527）的作品，一五三二年出版，最初獻給佛羅倫斯統治者羅倫佐・梅蒂奇（Lorenzo de'Medici, 1492-1519）。這本小書在出版後的數百年間遭受許多批評，甚至產生馬基維利主義（Machiavellianism）這種形容政治人物獨裁並狡詐地操弄權術的字詞。然而，馬基維利的論述並非暴君式的獨裁，而是強調在一個專制政體的共和國中，君主應用非宗教的力量與智慧將權力集中、制定成文法典、維護私有財產，並且以公民（citizen）作為維護國家的力量。《君王論》是第一部脫離宗教論述的政治作品，在當時歐洲可說是絕無僅有而且相當激進的政治思想，也同時具備現代國家的架構，以「民族」作為主體的政治學說，縱然馬基維利也是個虔誠的基督徒。雖然馬基維利的《君王論》沒受到梅地奇家族賞識，但其理論無論在解釋或建構現代國家組織上可說是一套極為完整的藍本。

「我不需要奉承，你應該把力氣放在教學上。」亨利不屑地笑著。

「說到這個，我倒是要向各位說明一件事：大學不是讓各位像個啞巴一樣呆坐課堂上的地方。不會思考、不適合學術的垃圾將被制度逐一淘汰，因為空中市不需要太多大學生，就像人類文明不需要太多愚蠢無知、充滿偏見、缺乏生產力又浪費資源、迷信盲從缺乏智商判斷是非的凡夫俗子一樣，就連留下這些蛆蟲的基因做為醫療材料都嫌浪費。」凡東・姆斯吸口氣準備講出他在檯面上最為人知的至理名言。「道理很簡單，因為世上總有人要負責擦鞋。」

簡單至極。他暗自冷笑著。人們已被教育成制度的奴隸，以崇高的知識和道德為名，甚至加上一點近乎迷信（真是諷刺）的優生學，只要在課堂上說點漂亮話就能讓所有人相信他就是這群奴隸中的霸主然後通通設法變成第二個偉大的凡東・姆斯教授。

然而，德高望重的奴隸往往是顛覆一切的溫床，那些所謂的知識分子早已遺忘過去。

「那個老王八蛋！」亨利坐在專屬食堂裡拍著桌子，詹姆士則因為亨利的堅持而有幸坐在一旁強迫收聽他的咒罵。這地方很不幸目前只有他能享用，就跟數千年前有些大學會在校園裡設置諾貝爾獎得主停車位一樣。

「保守到不行？」詹姆士咀嚼一坨綜合營養餐問道，他竟然懷念起那天在小酒館吃到的東西了。

「統御學系有那種垃圾簡直荒謬！」

「我覺得他在試探你。」詹姆士若有所思地望著窗外。「現在很少人一開口就提《君王論》，那本書的確像你說的一樣被視為不道德的作品。」

「但在那部書寫成的數千年間常被世俗統治者推崇。」亨利惱怒地戳著午餐。「那是現代政治學的鼻祖之一，直到那群腦袋生鏽的狂熱份子才再度把它貶為邪惡之作！看看議會裡那些垃圾！看看天際線大學『偉大』的統御學系！他們根本才是真正的暴君而且無知到極點！」

「所以我才說那個凡東・姆斯在試探你。」詹姆士露出自信的微笑。「我總覺得他只是在假裝，他並不相信自己說的那番話。」

「我看不出來，那個死胖子簡直討厭到了極點。什麼總有人要擦鞋？原來議會最愛這種自認博愛卻滿嘴偏見的白痴嗎？」亨利的眉毛快要皺成一條線了。

「我不知道……但那位姆斯教授的確有些奇怪。」

「你是用直覺判斷嗎？」

「大概，不過你可以無視我的猜測，你已經夠精明了。」詹姆士繼續低頭和午餐奮鬥。

「但我還是很討厭他就是了。」亨利不屑地看著放在一旁的課本。

「感覺我們的世界逐漸分成四種人群。」詹姆士放下叉子看著他。「有人想從體制中尋找希望，有人會為了捍衛空中市的迂腐教條而戰，而多數人寧願閉上嘴以求自保。」

「那第四種呢？」亨利突然對這個分類感到好奇。

「我不知道該怎麼解釋，這只是一時的靈感罷了。」詹姆士摸著下巴低語道。「如果把這些人想成一個擺在地上的四面體，第四種就像我們看不見但卻真實存在的一面，用我們無法理解的方式企圖創造新的烏托邦。」

「你是指三百年前的叛亂嗎？」他本來想說的是革命。

「類似，為了建造更好的世界不惜摧毀一切，我想這就是四面體的最後一面。」

「很有意思。」

❖ ❖ ❖ ❖ ❖ ❖

凡東・姆斯的辦公桌上端坐著一個約莫拳頭大小的水晶紙鎮，他瞪視紙鎮彷彿正在思考高深的哲學理論。

四面體終於成形了。他這麼想。

所以時機已至？就連真正的貴族也在想著相同的事情嗎？他預設的四種聲音已經再度茁壯？這是否代表他能重演三百年前的那場革命？

五、無聲之聲

「你似乎有適應不良的問題？這還真是奇觀。」詹姆士坐在亨利一塵不染的沙發上發出讚嘆。

「我不喜歡學校，白痴太多。」亨利依然坐在地上拆解那台無線電。「如果就像凡東・姆斯說的要淘汰不適合的垃圾，那校園裡鐵定空無一人。」

「別這樣說，大家都還在適應新環境。」詹姆士難得地躺在沙發上看書，以前祖母尚未病倒時最討厭他這麼做。

書本，這也是相當稀奇的東西，除了貴族外沒什麼人擁有紙本書，而詹姆士則是因為祖母的庇蔭才有機會在家中摸到這些珍貴的東西。亨利放下那台生銹的古文物低頭走向他，這讓他連忙把手上的《君王論》[4]放下，不安地直盯著一臉嚴肅的亨利。

「你似乎很相信那堆愚蠢信條？」亨利的雙手撐在沙發扶手上，鼻尖幾乎要撞上詹姆士的額頭。

[4] 這比紙本書更稀奇，因為《君王論》早就被那些滿腦子（偽）古典教條的議員立法通過成為只有在圖書館才能調閱的半禁書。

「我只是在幫你口中的白痴找臺階下而已，別忘記我們仍是同個物種。」詹姆士拿起書本想把他趕走，不過卻擔心起這麼貴重的東西要是弄壞了該怎麼辦。

「不需要為那些沒救的人辯護。」亨利彷彿看穿他的思緒般笑了出來。「還有那本書其實值不了多少錢，拿去擦屁股也沒差。」

「你很髒耶！」詹姆士氣急敗壞地推開他，不過這卻讓亨利重心不穩地摔到他身上。

「我錯過了什麼嗎？」瑪莉拿著茶杯漫步進來。

「什麼都沒錯過！」詹姆士一臉嫌惡地從亨利身下爬出來。

「還以為你們在摔角。」瑪莉興味盎然地看著這場小小鬧劇。「不是的話就把客廳讓給我，我要看電視。」

「真掃興。」亨利把老機器捧回書房。「對了，詹姆士，晚餐想吃什麼？」

「等會兒要出趟門，不用等我你們自己吃吧。」詹姆士轉身回應他。

「你要去哪？」

「今晚有讀書會，在學校。」

「真用功，你要是聽到什麼跟課程有關的就順便告訴我吧。」

「真是個懶人……」詹姆士翻了個白眼走回他和亨利共用的臥房，趴在地上從床底抽屜挖出書包後便搭上電梯離開，當他走出高級公寓的大門時，幾個同學早已站在飄浮小車外等著他。「你們？我並沒有和你們約在這啊……」

他頓時感到眼前一片黑暗。

❖ ❖ ❖ ❖ ❖ ❖

「那個變態還沒回來耶！」瑪莉在亨利的床鋪跳上跳下。

「他才不是變態。」

「你似乎很在意那傢伙。」她現在換成坐在亨利的大腿上了。「你相信他能被你的瘋狂計畫說服嗎？」

「我們都想拯救空中市。」亨利翻著發黃的書頁說道，這東西是瑪莉好不容易從地表帶回的無價珍寶，塵封在一棟尚未被摧毀的圖書館裡。

「但方法不同啊。」瑪莉搭上他的肩膀。「你想藉由摧毀天空市淘汰那些腐敗的垃圾，但那傢伙想要的是改變所有人的腦袋。」

「我能說服他。」亨利環住她的腰，閉上眼將額頭靠上規律起伏的胸脯。「我們能扭轉這一切。」

「但前提是他要記得回來啊，你把他的通訊器號碼抄在冰箱上，但我剛才不管怎麼打都打不通耶，一直顯示未開機。」

「我有不太好的預感。」亨利抬頭親了她一下便跳下床鋪。

「他該不會在學校惹到什麼人吧？你知道的，那些走狗。」瑪莉歪頭看著他，手指在脖子上劃了一道橫線。「還有你要怎麼找到他？」

「老方法，用妳帶來的另一個老古董。」亨利猛然想起那個長了一張青蛙臉的櫃臺職員，感到怒火不斷湧上。

❖ ❖ ❖ ❖ ❖ ❖

詹姆士睜開眼後看著四周發愣，陌生的音樂在空氣中飄盪。

他被綁在一張椅子上，但腳邊還躺了個人。

是那個櫃臺職員。

「這東西為了成為貴族什麼事都幹得出來，要找殺手的話找這種不經大腦思考的蠢貨最方便了。」凡東・姆斯的聲音從暗處傳出。「而且還能省下不少錢。」

「你？」我看錯他了嗎？詹姆士感到一陣暈眩。

「放心，詹姆士，我們的目標不是你，只是剛好想宰了這個垃圾才這麼做的。」凡東・姆斯身旁走出剛才那幾位同學將他身上的繩子解開。「歡迎蒞臨我們的社會改革讀書會。」圓滾滾的大臉露出笑容。

「殺人犯！」詹姆士對他們大吼。

「不不不，詹姆士，這才是真正的法外正義，你也領教過被人欺侮的痛苦不是嗎？」

「但我不會以牙還牙！」他逃出椅子，不斷後退直到背脊撞上牆角。

「在這個充滿虛假的社會中，你倒是我見過最天真的人。」凡東・姆斯看起來更高興了。

「奧莉維亞・帕克的外孫，你們倆簡直一個樣啊。」

「這是什麼意思？」當詹姆士快要緊張地坐倒在地時，亨利・德加斯不知從什麼角落衝了出來，幾位學生圍過去後全被他揮拳打到一旁。

「請不要動粗，德加斯先生，我們的目標是這個櫃臺職員，詹姆士只是誘餌罷了。」凡東・姆斯不疾不徐地對他說道。「不需特地來英雄救美。」

「我才不是落難公主（damsel in distress）！」詹姆士滿臉通紅地大叫。

「我勸你最好不要自以為是，教授，貴族的名聲就是在你們這種喜好用殺戮解決事情的人手中搞臭的。」亨利仍然忍不住踹了那個職員的屍體一腳。「走吧，詹姆士。」

「我還想確認一件事。」詹姆士推開他的手。「姆斯教授，你為何要提到我的外祖母？」

「因為她就像你一樣相信制度，相信人生而平等，相信良心的存在，我在你的口試錄影中已經見識過了。議會最喜歡你們這種乖乖牌，但若不拿鞭子痛毆一頓的話他們是不會醒來的，你懂我的意思。」凡東・姆斯依然神態自若地回應他。

「因為根本沒有平等存在，唯有死亡才會公平對待所有人。」亨利歪嘴一笑。

「是的，德加斯先生，看來我們擁有不少共通之處。」凡東・姆斯突然感到一絲希望，也許這個神祕的貴族比他想像中還像個革命分子。

「所以你既不是檯面上那個保守老人，也不是相信體制內改革的知識份子？」詹姆士再度感到頭暈了。

「我把社會假想成一個四面體，壓在最下面的是一無所知只求苟活的凡夫俗子，其他三面則是構成人類文明脈動的三股力量。」凡東・姆斯扶起學生們說道。「維護體制、體制內改革與真正的革命者。」

「跟你那天講的還真像，只差你似乎把革命者放在最下面。」亨利戳了詹姆士一下。

「對耶……」不過詹姆士現在只想躺回地上，他們剛才鐵定在他體內注射了什麼東西。

「你們到底對他幹了什麼好事？」亨利連忙抓住差點和地板熱吻的詹姆士。

「一點安眠藥而已，不用擔心。」凡東・姆斯聳肩回應他。

「不過我倒不知道你這死胖子也是個復古派。」他指著角落的音樂播放器。「『聽我說我才能教你，抓住我的手我才能救你，但我的話語彷彿沉默雨點墜落在無聲之井迴盪著』[5]，顯然你也無法忍受這座地獄。」

「我會用我的方法改變一切，只要你不將今晚的事情揭發。」凡東・姆斯露出欣賞的表情。

「我保證會守口如瓶，到時就來見見你的方法是否管用吧。」亨利為這個新發現感到高

[5] 出自賽門與葛芬柯（Simon & Garfunkel）的〈寂靜之聲〉（"The Sound of Silence"）歌詞「Hear my words that I might teach you / Take my arms that I might reach you / But my words like silent raindrops fall / And echoed in the wells of silence」。

興，不過這下他也得花時間搞懂這個姆斯教授在盤算些什麼了。「不過這筆帳我還是會算著，你們不該這樣對待詹姆士，他現在已經恢復貴族身分了。」他把已然癱軟的詹姆士拎起來。

「我知道，代我向他道歉吧。」凡東・姆斯看著他們走出去。

看來我們多了個幫手。他暗忖著。或是……不定時炸彈？

六、潛行

詹姆士感覺自己在一片虛空裡漂流，四周冰冷沉默彷彿身處遠古汪洋，雙眼望去只有無垠的深藍。

還有從未聽過的歌聲。

「你也總該醒了吧？」亨利不耐煩的聲音從遠處傳來，歌聲嘎然而止。

「我睡了多久？」詹姆士揉著眼呆望四周。「還有這是哪裡？」

「不到兩小時。還有這兒是空中市的重力控制中樞，想說都出門了就順便溜搭一下吧。」

亨利再次把飄浮小車上的音響打開。

詹姆士想起那天在小酒館聽到亨利想要摧毀空中市的對話，突然感到一陣恐懼湧上心頭。

「你該不會想破壞重力設備吧？」他緊張地揪住亨利的領子。

「啥？你還沒睡醒嗎？」亨利把他推回座椅上。

「但你的言行聽起來都非常不妙！還有你到底是怎麼找到我的？」

「那個喔……我趁你洗衣服時把一些含有微量放射性的礦粉倒進洗衣機。」亨利拿出一台可能是從蓋格計數器（Geiger counter）演變來的古怪儀器。「然後這台剛好對你身上的礦粉很敏感，外加你說要去學校，所以我就把機器拿去附近打開結果就找到你了。」

「你這個……」

「安全起見，那天那個櫃臺職員很可能會找你報仇，結果還真的發生了。」亨利扔給他一件乾淨的長袍。「但我完全沒料到那個死胖子會參與其中。」

「姆斯教授是個表裡不一的混蛋，他根本就想模仿三百年前的那場叛亂！」詹姆士惱怒地捏著長袍。

「我倒想看他會怎麼搞，要是能參與其中也不錯吧。」亨利轉過頭等他把衣服換好，不過卻在車窗倒影中瞥見他的鎖骨下方有道十字型疤痕。

「他會被宰掉的……而且還可能波及無辜。」詹姆士再度想起祖母說過的那些恐怖處決。

「想想那顆被掛在議會門口的頭！」

「我知道，但能親眼見證歷史也挺棒的不是嗎？」

「你就這麼想破壞秩序嗎？」

「不然呢？空中市已經病入膏肓，但凡東・姆斯說得沒錯，你實在太聽話了！」

「我不想傷害任何人！我也想改變一切，但不是用你們那種方法！」

「哇喔冷靜點！」亨利連忙抓住他的肩膀。「你才剛醒來不要亂動！」

「要不是家裡出狀況我才不想被你牽著鼻子走！」詹姆士氣憤地指著他。「我想好好認真學習然後祈求哪天能進入官僚讓這地方變得更好！我可不想再看到無辜的人因為貴族那種所謂的正義而死！」

「你真覺得用那堆課本上教的東西就能在議會中改革嗎？別鬧了詹姆士！那全都是假象！就像他們把《君王論》再度妖魔化一樣！」亨利再次把他推回座椅上用力壓住。「我不是你想像中那毫無秩序的破壞狂，我有自己的原則，而將來很可能需要你這濫好人的幫助，你能相信我嗎？」他們幾乎要呼吸彼此的氣息。

「……如果你不隨便傷人的話。」詹姆士愣愣地回應他。

「我知道你希望空中市民有朝一日能不在階級的陰影下過活，你承受的痛苦我並不是無法感同身受，就只是對你的過度循規蹈矩感到焦躁而已。」他嘆口氣放開詹姆士。

「你是很特別的貴族，我不知道該怎麼說。」詹姆士看著遠處運轉中的重力設備低語。

「你對三百年前的那場革命了解多少？」亨利突然想起什麼似地握住方向盤。

「歷史課本提供不多而且不會稱它為革命而是叛亂，還有那顆頭的主人其實也是個貴族。」

「那個貴族的名字呢？」

「我不知道，她彷彿已被抹去自我般成為空中市的一個汙點。」

「柯雷特・德加斯。她是我的祖母。」亨利把漂浮小車開到重力控制中樞的主建築入口，警衛看了他遞出的證件後馬上將柵欄拉起讓車子通過。「她出身議會高層，直到死後才破例除名，人們在扭曲的歷史教育下早已忘記她的真實身分。」

「這真的……讓我大開眼界……」詹姆士開始對他的態度感到不甚意外，如果他的家人曾為理想而犧牲，他會如此表現也是不無可能。「但我們來這要幹嘛？」

「我不是說要出來溜搭嗎？剛才已經跟警衛解釋過了，我們是來觀光的。」亨利把車停在一個巨大的透明塑料圓筒上方，裡頭有顆紅色大球正在緩慢旋轉並上下飄動著。

「大半夜參觀這裡？你的權限還真大。」詹姆士不禁白了他一眼。

「也許我們下次能參觀天候系統。」

「你真的該念其他學系……」

「我一向對機械感到著迷，不過老人家的旨意有時很難違抗。」亨利看著運轉中的機器彷彿正在欣賞博物館裡那些倖存的古代雕塑。「對了，詹姆士，你知道在這台機器裡是無重力狀態嗎？」

「我不知道。」詹姆士看著紅色大球回應道。

「而且維修人員平常就是直接進到裡面飛來飛去檢查那顆大球有沒有正常運作的，有時也會發生意外，像是直接撞上大球然後變成一團肉醬。」亨利走到維修人員專用的入口時說道。

「呃，這我可不想知道……別跟我說你想跑進裡面？」詹姆士露出驚恐的表情。

「順便把你拖進去手牽手漂浮一陣嗎？拜託，我可沒那麼浪漫。」亨利笑了出來。「走吧，再逛下去明天又會遲到了。」

詹姆士坐回車上後瞄了他一眼但又隨即望著夜空發愣。

「怎麼了？」亨利好奇地看著他。
「我能問你那首歌叫什麼名字嗎？」
「剛才放的那首？」
「是的。」
「〈重力墳場〉[6]，二十世紀末的音樂。」亨利把音響開得更大聲。「喜歡嗎？」
「滿好聽的。」

❖ ❖ ❖ ❖ ❖ ❖

瑪莉嘟嘴坐在客廳裡轉著遙控器，當螢幕浮現一個介紹古代科技的節目時，她百般無聊地盯著畫面上的無線電裝置直嘆氣。
「煩死了，就跟亨利正在虐待的那台機器長得一模一樣……欸？」
她連忙跑回亨利房裡拿出那台生鏽的老古董。
「集中精神，瑪莉，妳辦得到……」她一邊看著電視螢幕一邊想像手中的破銅爛鐵在數千年前運作時的樣子。

6 〈重力墳場〉（"Gravity Grave"）是英國搖滾樂團神韻（The Verve）在一九九二年發行的單曲。

一些影像在腦中浮現，有士兵正在用它聯絡戰場另一頭的同袍，飛機引擎隆隆作響，槍炮聲在烈日下彷彿怪物的咆哮……

原來亨利想這麼使用它。瑪莉驚訝地瞪大眼睛。他要我把這東西帶上來不是為了好玩。

「但他要跟誰聯繫呢？」她望著螢幕喃喃自語。

七、晚宴・序曲

凡東・姆斯教授看起來一如往常，簡直保守到會讓議會裡的老頑固自嘆不如，然而他的思緒正被之前的風波翻攪著。

我需要見見那顆頭。凡東・姆斯在講臺上差點說出這句話，他瞪大眼看著所有人彷彿他的計畫已被全數揭發，但隨即冷靜下來繼續痛批大學生太多的亂象。

「你有發現那個死胖子最近在搞什麼嗎？」亨利猛然推了詹姆士一下。

「找不到任何破綻，就連讀書會時他也只是紙上談兵而已……簡單來說……不太危險。」詹姆士放下觸控筆。「他們想裝作一切從未發生，也不願告訴我那具屍體的下落。」他實在不想抱怨亨利這幾天心浮氣躁的樣子，還有瑪莉為了引起青梅竹馬的注意而拼命霸佔客廳與盥洗室這件事。

「廢話，你當時嚇成那樣他們怎麼敢告訴你？」亨利從座位上起身。

「你要去哪？已經快上課了耶！」詹姆士不安地掃視四周。

「拉屎。」

「髒死了！」

亨利坐在馬桶蓋上撥打通訊器，發現無人接聽後便快速輸入幾行文字，幾秒後對方傳來回應。

「那不可能你這暴力狂，藍圖怎麼可能藏在體內？我該幫你加上心理變態男這個新綽號嗎？」通訊器螢幕浮現一行文字。

「只有囚犯和夾帶機密文件的間諜才有那種疤痕。」亨利皺著眉頭繼續回應對方。

「你不能因為那小子是奧莉維亞的外孫就胡亂猜測！」

「你也相信那只是傳聞？」亨利歪嘴笑著。

「奧莉維亞那個樂天過頭的傻老太婆會自私到把天候裝置的藍圖藏起來？我不相信！那有什麼意義？喂亨利這會死人吧？你可以用儀器判斷晶片的存在但無法不挖出它而知道內容啊！」通訊器另一頭的人快抓狂了。

「我不會傷害他，相信我。」輸入完畢後他隨即關上通訊器，按下沖水鍵後便快步走出廁間，但迎面而來的卻是滿臉擔憂的詹姆士。

「你不是來上廁所對吧？我看見你拿著通訊器。」詹姆士捏緊外套問道。

「擔心我嗎？」亨利只想做一件事，越快越好。

他不會傷害詹姆士？剛才他根本撒了個沒人會信的謊，但他早已習於欺瞞。

「只是好奇而已，還有我似乎被你的翹課習慣給帶壞了。」詹姆士扭開水龍頭洗了把臉，當他睜大眼檢查隱形眼鏡是否移位時，他駭然發現鏡中亨利的倒影露出狡猾的笑容。「你想做什麼？」他感到一陣寒意。

「沒事，今晚在小酒館有個舞會，我想邀你和瑪莉參加。」亨利對他揮了揮手便掉頭走出盥洗室。「記得換上眼鏡，小酒館裡的人喜歡那種老古董。」

「等等，你是怎麼知道我有近視的？還有這年頭有誰在戴眼鏡啊！」詹姆士暗自鬆了口氣，原來亨利剛才只是在打量他檢查隱形眼鏡的行為而已。

「瑪莉跟我說的，她會偷翻我們的衣櫃。」亨利想像一具失去表皮的人體，肌腱血管正生氣蓬勃地顫動，在那之上有塊閃爍光澤的微小金屬片。

我真是個他媽的變態。他差點笑了出來。

凡東・姆斯惱怒地看著悠閒晃回教室的兩人並在心裡盤算要好好教訓他們，畢竟他仍是個盡責的教授，而有些教條千古不變，比方說「汝不得遲到」。如果有專屬學校的十誡，這條鐵定要刻在校門口。

❖ ❖ ❖ ❖ ❖ ❖

瑪莉看著鏡中的自己不禁皺起眉頭，這可是她第一次穿上古人的禮服。

「好吧，我收回貴族家居袍很醜又很難穿這句話，這玩意竟然更糟。」她拉著肩帶喃喃自語。

房間一角的播放器正飄出輕柔的華爾滋，她閉上眼想像金碧輝煌的舞廳和無數正在旋轉中的男女，身上那套過窄的禮服彷彿有了生命般向她傳送許多影像，甚至是氣味。

香水。她默想著。如果我能調出一罐香水，真正的香水，那會是什麼味道？我會喜歡嗎？亨利會喜歡嗎？

禮服的主人在一艘大船上和舞伴旋轉著，幾小時後這套華服被扔到床下，女僕盡責地撿起它塞進皮箱準備在上岸後清洗。

船沉了，這塊閃亮的織品仍再次踏上陸地，也許不幸死去的女主人該感謝順手牽羊卻又幸運活下的小女僕吧。

「妳看起來美極了。」亨利倚在門邊露出微笑。

「這是在補償之前只會窩在樓上拆機器不理我嗎？」瑪莉蹦跳到他身旁。

「我從不欺騙妳。」

「我可不信，但那傢伙大概會笨到相信你吧。」

「詹姆士嗎？」

「不然還有誰？你太在乎他了，我不認為那傢伙值得你這麼做。」瑪莉戳著他的臉頰說道。

「如果你想扮演上帝，那傢伙怎麼看都不像你的新子民。」

「他將要扮演的角色非常特別。」

「是是是花心大蘿蔔我知道，你也該換衣服了，我還沒化妝戴假髮所以請給我點時間。」

她語調愉快地把亨利推出房間，內心卻對剛才那句話感到一陣無法言喻的恐懼。

亨利從口袋摸出一個小長盒後走回臥房，當他看到正在跟領巾混戰中的詹姆士時不禁無奈地搖頭。

「我不是把教學影片放這兒嗎？」他指了指牆上的螢幕。

「那根本講得不清不楚！」詹姆士快把自己勒死了。

「別再亂弄了！」亨利扯住亂成一團的領巾，自顧自地幫他打出一個漂亮的大結然後用胸針別起來。

「……謝了。」詹姆士抿著嘴唇像在賭氣一樣。

「還有這個，原諒我摸走你的一副隱形眼鏡拿去檢查度數。」亨利從小長盒裡倒出一副金屬邊的方框眼鏡。

「我開始懷疑你把我當成巨型洋娃娃了……」

「可以教我讀書的巨型洋娃娃？聽起來有點恐怖。」

「還有你口口聲聲說你不在乎階級，但卻經常強調我的身分。」詹姆士換上眼鏡後感到些微暈眩，這讓他差點一頭撞上牆壁。

「為了避免你被報復所以只好時時提醒那些垃圾，我可是很在乎你的。」亨利一邊換衣服一邊回應他。

「唉，我還真想拒絕你的幫助。」

「來不及了，況且你也滿喜歡的對吧？」

「我能說這是斯德哥爾摩症候群嗎？」

「當然可以，我要是真把空中市給炸了你就這樣跟警察說吧。」亨利拿起領巾套在脖子上。

「你總該學會怎樣打領結了吧？」

「被勒死可別怪我。」詹姆士嘆口氣走向他，絞盡腦汁回想剛才那堆步驟，手忙腳亂的樣子讓亨利無法克制地爆笑出來。

「至少你辦到了！」亨利抓住他的手嚷著，卻隨即轉為驚訝地看著滿臉通紅的詹姆士。

「怎麼了？」

「沒，只是瑪莉剛好跑進來而已。」詹姆士抽回雙手說道。

❖ ❖ ❖ ❖ ❖ ❖

一個凡東・姆斯的學生在小酒館舞池裡閒晃，他一身白衣，頭戴黑色圓頂硬禮帽，手裡還拎著一根拐杖。他和周圍黑鴉鴉的賓客大相逕庭，卻沒人對他指指點點，因為人們知道他的品味在復古派中當屬佼佼者，尤其是電影方面[7]，外加也沒人想被穿成這樣的傢伙痛打，因為這

[7] 因為他的打扮是電影《發條橘子》（*Clockwork Orange*, 1971）裡的人物造型。

會讓一切更像那部驚世駭俗的老電影。

他瞥見那兩個目中無人的新生從附近經過，便好奇地跟在亨利與詹姆士後頭，絲毫沒注意有人正在暗處窺視著。

「如果瑪莉還沒上完廁所的話你就暫時當我舞伴吧。」亨利露出令人火大的笑容，順便吩咐侍者把音樂開得更大聲。

「我不會跳舞，空中市本該沒有舞蹈存在的。」詹姆士目不轉睛地看著緊貼彼此慢舞的人群，感到體溫逐漸上升。「這種肢體接觸……太違反常理了。」

「人類經常依賴觸覺感知萬物存在，直到那些對生命缺乏熱情的假道學將生物性的知覺套上道德枷鎖。」亨利揪住他的西裝外套將他拉到身旁，空閒的右手搭上腰際讓他差點放聲尖叫。「你知道這首歌在講什麼嗎？」他在詹姆士的耳邊悄聲問道。

「玫瑰[8]嗎？抱歉，太緊張沒聽清楚。」詹姆士吞了口口水回應他。

「謀殺。」亨利把他摟得更緊。

「真不浪漫。」

「有人正在監視我們。」

「這就是你死巴著我不放的原因嗎？我好像看到你說的傢伙了……」

8 舞池中正在撥放的音樂是尼克凱夫與壞種子樂團（Nick Cave and the Bad Seeds）和凱莉・米洛（Kylie Minogue）合唱的〈野玫瑰盛開之地〉（"Where The Wild Roses Grow", 1995）。

「是的，然後我們需要製造點誤會。」亨利緊盯那個逐漸走近的學生。

我不想傷害你。

我必須傷害你。

「你的意思是……嘿！」詹姆士別過頭閃避突如其來的親吻。

「效果不錯。」亨利緊貼他的嘴角說道。

「噢……我恨你！」詹姆士對同學的驚駭表情感到十分懊惱。

「對不起嘛我只是想跟他開個玩笑而已……唔，這下可好……」亨利停下舞步，表情瞬間變得十分凝重。

那個學生倒了下去。

八、晚宴・輪舞

社會無法同情受害者，因此我們把加害者也變成受害者。

所有人停了下來，視線全都集中在倒地不起的年輕男性身上。

「這是……我的復仇。」人群中走出一位黑衣女士。

「哎呀真是糟糕。」酒保走了過來，檢查倒地的傢伙後對眾人搖頭。「死了，一刀斃命。」

「妳的身分足以行使復仇嗎？還有能否解釋原因？」一旁身穿燕尾服的老頭緩緩問道。

「我是僅次於議會高層的貴族，這男人強暴我的女友。」黑衣女人拿出染血的匕首向眾人展示，紫色劍柄上刻有空中市的市徽。「她是個工作聖者，你們懂我的意思吧。」

「冷靜點，詹姆士，不要衝過去。」亨利緊抓詹姆士的肩膀不放。

「我不懂你們為何總是選擇復仇？」他看起來快氣炸了。

「不，那女人的行為是正確的。」

「因為貴族的法外正義嗎？就算我們的同學犯了法，也應該由法律來……」

「法律無法保護所有人。你也聽見她的解釋，沒人願意冒險為那個受害者出聲。」亨利皺起眉頭回應他。「這才是法外正義被合理使用的時機。」

「這實在太荒謬了！」詹姆士用力推開他，逕自往盥洗室的方向走去。

暗處中的人影依然窺伺著他們。

詹姆士甩上門後絕望地摀住臉，無法阻止母親被殺害時的畫面不斷湧上思緒，直到瑪莉闖了進來對他驚呼一陣。

「妳沒看到門上寫了『使用中』嗎？」他沒有餘力思索瑪莉為何能輕易打開上鎖的盥洗間。

「意外，不過你怎麼會在這裡？」瑪莉抱著一個快要比她上半身還長的再生紙袋。

「上廁所。」

「亨利對你做了什麼？」

「他沒有對我做什麼！」詹姆士握起拳頭，近乎病態地享受指甲穿過皮膚的刺痛感。

「啊！外頭有人來尋仇殺人，你是不是被嚇到了？」瑪莉恍然大悟地指著他。「第一次目睹殺人感想如何？」

「這不是我第一次看到殺人畫面！」詹姆士終於無法克制地大吼，但隨即驚訝地瞪大眼。

「等等，亨利沒告訴過妳？」

「告訴我什麼？」瑪莉一臉無辜地回應他。

「算了那不重要，但現在外面變成那樣我們該怎麼辦？」

「幹出這種事的人得自行處理，如果你不舒服的話我們就先回家好了。」瑪莉語帶同情地拉住他的手。

「妳剛才到底跑去哪裡？」詹姆士不解地看著她。

「其實我今天是順便來這裡交換東西，有復古派貴族託我從地表找些古董上來，至於這個是對方要交給亨利的。」

「我還在想妳是多喜歡躲進盥洗室，害我被亨利抓去當舞伴。」

「我剛才在後頭的包廂裡其實有偷瞄到，看你們氣氛那麼好就先不出來煞風景了。」

「喂！妳不是他女友嗎？」

「我們一向維持開放關係，話說我覺得你這變態看起來也還挺不錯的。」

「不不不我可不想捲進你們的詭異關係！」他一邊哀號一邊悽慘地撞上亨利，眼鏡鼻墊差點被一撞捅進眼睛。「亨利！」

「覺得好點沒？」亨利漫不經心地看著他。

「並沒有！」

「那就別再臉紅了。」

「這又不是我能控制的！」詹姆士實在很想賞他一巴掌。

「我很抱歉剛才對你這麼做，我只是想讓那傢伙誤會而已。」從小酒館的隱密後門離開後，亨利在漂浮小車上對他說道。

「讓我猜猜看，你想藉由這麼做對那些可能會惡整我的人宣示主權？」詹姆士不快地瞪著他。

「按照你的說法，我已經不會再被貴族欺負了不是嗎？」

「基本上，但要是那些比你位階還高的人想整你呢？」

「我會想辦法反擊。」

「還在說風涼話。」亨利翻了個白眼。「從之前被綁架加上剛才的事情，你真覺得空中市能保護弱者嗎？」

「我真的……不知道該怎麼辦。」

「這裡已經變成一個沒人願意同情弱者的地方。」瑪莉脫下假髮說道。「復仇……只是種試圖恢復秩序的方法罷了。」

「但這無法保證每個貴族都能妥善使用這項權利，如果是這樣恢復秩序的話我寧可不要。」詹姆士茫然看著滿天星斗，開始懷疑自己堅信多年的價值。

「但至少可以……」

「好了瑪莉，他現在心情不好就別再說了。」亨利伸手示意她停下來。

❖ ❖ ❖ ❖ ❖ ❖

小酒館再度人聲鼎沸，凡東・姆斯的學生已被裝袋載走，天知道會被丟棄到什麼地方或乾脆被晾在議會門口示眾。

躲在暗處窺伺的人影終於踏出窗戶前的厚重布幔，靜悄悄地接近剛才那位黑衣女士。

「多麼華麗的出場。」他在黑衣女士耳邊低語。

「可不是？那些整天嚷著社會不公的傢伙只不過是群披著人皮的禽獸罷了。」黑衣女士露出微笑。

「我還以為妳這麼做是為了不讓我被發現。」

「都有，不過我猜那兩人都以為是那個被我殺死的垃圾正在監視他們。」她心神愉快地把玩紫色劍柄的匕首。

「螳螂捕蟬，黃雀在後。」

「基本上沒錯，那個亨利・德加斯以為自己胡搞瞎搞就不會被發現。」

「不過妳剛才的樣子真是性感到不行。」

「我以為你比較喜歡乖乖牌。」黑衣女士轉頭親吻他。「親愛的弟弟。」

「比起所有女人我更愛妳，姐姐。還有，我為妳愛人的遭遇感到難過，希望她一切安好。」

「她選擇自裁，我趕到時已經來不及了。我們的社會無法同情受害者，因此把加害者變成受害者是最好的選擇。」

「這……那就好好展示那個禽獸吧，順便讓凡東・姆斯那個垃圾知道自己教出什麼鬼東西來！」黑衣女士的弟弟露出殘忍的笑容。

「不過我們現在至少抓到亨利的把柄了。」黑衣女士謹慎地提醒他。

「那個戴眼鏡的傢伙？嘖嘖，亨利的品味真的是停留在幾千年前啊。」

「別這麼說，掃羅，你不看看自己腳上穿了什麼嗎？」

「呃……第一代喬登鞋（Air Jordan 1）的復刻版。」

「所以你也沒資格嫌他，我們的任務只是提防任何可能的叛變。凡東．姆斯只不過是個自以為謹慎的魯莽復古派，但亨利．德加斯仍是不定時炸彈，天知道他的計畫又是如何？」

「我知道，我也會盡快查出那個眼鏡仔的底細。」叫做掃羅的翹鬍子男人噘起嘴回應她。

他們的對話被桌下設計精良的錄音器全數收進酒保耳中，他在吧檯旁不安地看著那兩個貴族。

❖ ❖ ❖ ❖ ❖ ❖

亨利洗完澡後一臉懊惱地看著縮在牆角的詹姆士。

「你可以對我發怒，這是我應得的。」

「殺死一個人……需要多大的決心？」詹姆士突然轉頭盯著他。

「怎麼突然問起這個？」

「一時好奇而已。」

「我又沒殺過人怎麼知道。」亨利只是不想把他嚇暈而已。

「我以為你擅長此道。」詹姆士把眼鏡甩到一旁。

「才怪……喂，別這樣亂摔會壞掉。」亨利突然感到一陣不安，當他發現詹姆士已經站在面前更是如此。「幹嘛？」他實在不敢相信自己會感到畏懼。

詹姆士賞了他一巴掌。

「你讓我開始懷疑自己！」詹姆士摀住臉哭了出來。「我不想傷害任何人！」

「你覺得自己被我說服了？」亨利連忙撿起眼鏡幫他戴回去。

「可能！你不知道我多想找到殺死母親的兇手然後宰了那個垃圾！」

「你已經下定決心了？天啊，我還以為你一直把我當成瘋子！」

「不，亨利，你是對的！我太過相信制度，我竟然相信自己能循規蹈矩改變一切！」

「如果你找到那個兇手會怎麼做？殺死他？」亨利伸手抹掉他臉上的淚水。

「我不確定……我很想這麼做，我多希望能這麼做，但意義在哪？我這麼做不過是在……滿足自己？」詹姆士喘息地看著他。

「這就是我想改變空中市的原因，我也很高興你多少願意信任我。」亨利再次緊緊抱住他。「如果你下不了手我也會想辦法幫你。」

「唉，希望我們不會把自己害死。」詹姆士現在只希望臉頰不再發紅。

瑪莉一如往常窩在沙發上轉著遙控器，當亨利走出房間時她不禁瞄了他的長袍一眼。

「我還以為會皺成一團，還是你們根本衣服沒脫就開始了？」瑪莉幸災樂禍地問道。

「妳以為我愛上他了？那妳也跟他一樣天真啊瑪莉，我當然得讓他澈底信任我。」亨利狡猾地笑著。

「是嗎？你說天候裝置的藍圖就在他體內，但我看你每次有機會剖開他的時候都沒動手啊？這不像你。」

「時機未到。」

然而每當他看著熟睡的詹姆士而手中緊握匕首時，他也無法做出任何事情。

就連我也開始懷疑自己，我有這麼懦弱嗎？他懊惱地想著。

九、晚宴・獨舞

只有在傷痛有利可圖時，人們才願意感同身受

凡東・姆斯駭然瞪著新聞頭條，螢幕毫不遮掩地撥放議會門口的一具死屍。

痛下殺手並主動現身的是一位叫莉亞・罕醉克斯的貴族，位階僅次於議會高層，因此輿論無不瘋狂讚許她的正義之舉，彷彿全宇宙早已忘記整起事件最初的受害者在上週自殺的新聞。

「我們必須正視工作聖者受到的壓迫，而不是崇拜法外正義這種歪風！」一位據稱精通犯罪學的名嘴在鏡頭前怒吼，想必沒多久後就會遭到節目撤換了。

「經調查發現，死者就讀天際線大學並積極參與階級平等運動……」新聞繼續播報慘死的學生彷彿空中市失去一位偉人。

罪人與偉人往往只有一線之隔，但媒體從古至今未曾展現其區分的能力，鎂光燈永遠注目最瘋狂的行為，所以這兩類人總是備受寵愛。

凡東・姆斯惱怒地關上電視（裡頭裝著映像管，貨真價實的復刻品），雪白色波斯貓在他腳邊冷眼觀察一切。

他們不會追查到我的，我們隱蔽得很好，所有人都會守口如瓶。他露出冷笑。

❖ ❖ ❖ ❖ ❖ ❖

詹姆士從床上驚跳起來。

「我看你整晚都在滾來滾去說夢話，所以只好把你換位子看會不會好一點。」亨利坐在地板上對他說道，雙手仍在拆解那台無線電。「顯然一點用都沒有。」

「你不需要這麼做。」詹姆士沮喪地倒回枕頭上。

「我需要這麼做，因為我還想睡覺。」

「好啦……」

「所以你到底在做什麼夢？吵死人了。」

「忘記了，但你不是有聽見我說夢話嗎？」

「我壓根不知道你在哀號什麼。」其實亨利這次沒說謊，他真的只聽見一堆不知所以然的囈語。「頂多喊救命時聽得懂。」

「可能是夢到那個人殺死我母親……」詹姆士皺起眉頭回憶道。「我當時看不見他的臉，他帶了面罩，甚至連出庭作證時都還遮著臉。」

「你現在要是殺人也有權利不露面喔。」亨利友善地提醒他。

「那實在太可怕了！」

「話說你今天有什麼計畫？凡東・姆斯因為學生被殺的事情請假，他剛才有寄信通知，所以我們有一整天的時間到處閒晃。」亨利坐上床沿看著他。「不過我很希望你能戴著眼鏡出門，那些路人的反應一定會超有趣。」

「我……我決定做一件事，但不確定能否成功。」詹姆士茫然看著冰冷的牆壁。「我記得我現在有權調閱警方資料對吧？」

「基本上，除非涉及整座城市安全的重大案件。」亨利的嘴角揚起一抹微笑。

「我想找到那個兇手。」

「然後呢？復仇？」

「我不知道，也許吧，但我不知道自己有沒有辦法……」

「相信我，當那個人渣站在你面前時絕對辦得到，不過你現在沒武器就是了。」亨利跳下床往衣櫃的方向走去，從裡面拿出一個紫色絨布盒。「高階貴族和議會高層的信物，你若能使用它我會感到相當榮幸。」他拿出和昨天那位黑衣女士手上一樣的匕首。

「呃……這就是你們貴族的風格嗎？我以為槍炮會比刀子好用？我母親是被槍殺死的。」

「那種會發出咻咻聲的雷射手銃？」

「對。」

「那東西無法讓你感受復仇的滋味。」亨利將匕首放上他的手心。「利刃進入骨肉時的黏稠阻力、血液流出時的溫度、窒息般的呻吟。你能完全感受生命緩慢流逝的痛苦，這才是那個人渣應得的懲罰。」

「你其實殺過人對吧？」詹姆士握緊匕首，幾乎要看見刀鋒上曾經沾染過的血跡。

他隨即將匕首還給亨利。

「我還是騙不過你啊。」亨利輕拍他的肩膀笑著。

「唉，吃完早餐後我們去附近的警局試試吧，看能不能調閱到相關資料。」詹姆士脫下睡衣回應他，十字形疤痕再次露了出來。

「我能知道那道疤是怎麼來的嗎？」亨利把匕首收回衣櫃時問道。

「這個？這是小時候生病留下來的，好像是呼吸道嚴重感染時開的刀。」詹姆士不解地指著鎖骨下方。

「那你有接受過任何晶片注射嗎？我記得有些療程會植入晶片……像是追蹤病情或是做為奈米機器人產生器之類的。」亨利瞇起眼看著穿衣鏡裡的倒影。

「沒有，我從沒聽家人提起。」

「那不是一般的手術疤痕。」他轉身走向詹姆士。「別嚇成這樣，我又不會吃了你。」

「我還沒穿好衣服！別靠這麼近……」他不禁倒抽一口氣，眼鏡逐漸滑下鼻樑。

「我只是想近距離觀察而已。」亨利低下頭看著那道疤痕，努力克制扒開它的慾望。

然後瑪莉偏偏在這時走了進來。

❖　❖　❖　❖　❖　❖

掃羅・罕醉克斯走出球鞋收藏室後第一眼看見的是群全身赤裸的年輕女人，中間端坐滿臉笑意的莉亞・罕醉克斯。

「你的調查如何？」莉亞撫著一對乳白色大腿問道。

「從昨天到現在只過了不到幾小時，我可沒那麼神通廣大。」掃羅翻了個白眼。他也好想加入這場遊戲，但要把那群女人通通趕走才行。「但目前至少找到一個關鍵線索。」

「什麼線索？」

「那個眼鏡仔……他似乎是奧莉維亞・帕克的外孫。」掃羅說出那個名字時感到一陣不安。

「看來亨利也相信那個傳聞，那個傻老太婆的愚蠢遺囑，看來傳說倒是有幾分真實了。」

「我幾乎可以猜出亨利那個瘋子的計畫。」掃羅現在只想快點離開這裡，紫色長袍已經無法遮掩胯下的突起。「他想對天候系統動手。」

「除掉他或是除掉奧莉維亞的孫子，我們必須向上頭呈報。」

❖　❖　❖　❖　❖　❖

詹姆士・布朗皺著臉跟在一個胖警察後頭，背後跟著一路不停吹著口哨的亨利・德加斯。他們正在市中心最大的警局裡，那裡擁有空中市成立後的所有犯罪記錄，胖警察湊向門鎖讓一道光掃過眼睛，墨綠色鐵門發出噴氣聲後便緩緩打開。

「我當時有參與辦案，但我們並沒有在現場找到太多線索，外加那是起貴族復仇的案子所以我們也沒太過認真。」他輕鬆地對詹姆士說道。

「只要能看到你們收集的就行了，我只是好奇而已。」詹姆士壓下揍人的慾望回應他，外加這該死的傢伙似乎是因為亨利的關係才讓他們進入這裡，這件事讓他更為光火。

「現場影像記錄在這兒，可以在螢幕上撥放，然後這是證物盒，要摸的話一定要戴手套。」胖警察對他們恭敬地鞠躬後便轉身離開資料庫。

「你會想再看一次案件現場嗎？」亨利擔心地看著他。

「我想先看證物。」詹姆士小心地打開塑料盒，裡頭只有一個標上數字的夾鏈袋。袋子裡躺著半條鞋帶。

「不可能……這東西……它不見了不是嗎？」他顫抖地看著那個袋子。

「看來你母親根本就沒搞丟兇手的鞋帶。這不是復仇，這是蓄意殺人。」亨利拿起夾鏈袋說道。

「……我要殺了那傢伙！」詹姆士絕望地靠上牆想穩住腳步，他拔下眼鏡試圖擦拭不斷湧出的淚水。

「我們會把那個垃圾找出來。」亨利撫著他的肩膀直到他緊緊抱住自己。

「你能幫助我嗎？」詹姆士幾乎要對他大吼。

「當然，我保證。」當亨利感覺臉頰傳來的溫度時更加確信自己離成功不遠，他想起那天在小酒館裡與詹姆士共舞時的曲子。

我向她吻別，說道「所有美麗終將死去」，然後傾身在她唇間種下一朵玫瑰。[9]他幾乎要哼出這句歌詞。

毀滅已成定局，但他仍不住地懷疑自己到時能否舉起匕首。

9 出自〈野玫瑰盛開之地〉的歌詞「And I kissed her goodbye, said, "All beauty must die" / And lent down and planted a rose between her teeth」。

十、晚宴‧煙火秀

瑪莉‧托奈特聽見樓上傳來一陣巨響，她連忙衝了上去，只見小閣樓裡呆坐灰頭土臉的亨利和詹姆士，那台無線電正在冒出煙霧並滋滋作響。

「讓我猜猜看，你們終於達成共識了？」瑪莉嘟嘴看著他們。

「基本上，但這東西要是修不好的話就什麼也別想玩了。」亨利撥掉臉上的鐵鏽回應她。

「還有妳那邊現在情況如何？東西呢？」

「快從地表運上來了，當時參觀測試差點嚇死，那裡倖存的人們實在不能小看啊。」瑪莉一蹦一跳地坐上亨利的大腿。

「什麼東西？」詹姆士不解地看著她。

「超音速噴火休旅車。」

「啥？」

「仿古奢侈品。」

「噢。」

「不過無線電恐怕真的掛點了，乾脆再去弄一台上來好了。」她指著正在冒煙的老機器。

「我覺得還有希望，如果能用現代技術加強的話或許能讓它重新運作。」亨利依然對修好這台破銅爛鐵很不死心。

「如果你覺得還有時間繼續耗的話。」瑪莉親了他一下便溜出門外。

「這台機器大概是修不好了。」詹姆士沮喪地戳著剛才彈射出來的齒輪碎片。「損壞的零件也不可能找到代替品，如果能有一台保存良好的樣本就好了。」

「保存良好的樣本?等等……你說的對，我們現在需要的就是這個！」亨利突然跳了起來。

「你在盤算什麼？」詹姆士不安地看著他。

「博物館。」

「別跟我說你想打劫博物館。」

「別講得這麼難聽，我們是要去『參觀』博物館。」亨利再度露出狡猾的笑容。「準備換衣服，還有帶上雷射手銃，書桌抽屜裡有幾把，雖然我討厭那東西不過總是有用的。」

「嘿！冷靜點！你該不會真想這麼做吧？」

「嚇你的，當然是先去參觀再做決定，要你帶槍是因為半夜有工作要做。」自從他們發現警方並沒有詳實公布詹姆士母親死亡的真相後，亨利最近花費許多精力尋找那位蓄意殺人的貴族，經常忙到半夜才返回公寓。

「你找到線索了？」詹姆士睜大眼看著他。

「可能，那個收集球鞋的垃圾當然爾也是個復古派，就我所知在高階貴族中有個相當隱密的運動用品俱樂部，我們晚上可以去那兒晃晃。」
「可是你都說那是相當隱密的俱樂部……」
「這就是我要你帶槍的原因，安全至上。」亨利跑下樓前對他提醒道。
「呃……我一點也不覺得。」詹姆士開始考慮要提早寫遺囑了。

❖ ❖ ❖ ❖ ❖ ❖

「我們不能坐視不管！就算他犯罪也不該被私刑處決！」另一個凡東・姆斯的學生（暫且稱為學生二號，因為學生一號掛點了）拍桌怒吼。「空中市還有法律可言嗎？」
「我們也都是高階貴族，這起事件一定還有轉圜餘地。」學生三號一臉悠閒地看著窗外景色。
「輿論是很好操縱的，況且只不過是個強暴案，什麼都比不上我們偉大的民主志業。」
「是啊！那些滿腦子迂腐思想的貴族是不會了解我們的！」學生四號瞪著電視螢幕裡的莉亞・罕醉克斯低聲咒罵。
「詹姆士怎麼沒來？」凡東・姆斯教授抱著雪白色波斯貓走進書房。為了躲避校園裡四處流竄的小報記者，他們只好選在凡東・姆斯漂亮的高級公寓裡開會。
「您一定不會想知道。」學生二號拿起通訊器向眾人展示，螢幕上浮出一張照片。
「這是什麼？」凡東・姆斯以為自己要心臟病發了。

「那傢伙被殺前拍到的，幸好他死前有按下傳送鍵把照片寄給我。詹姆士・布朗和亨利・德加斯當時也在場，還有……」學生二號秀出另一張照片，那是在亨利為了誤導學生一號而親吻詹姆士時拍下的。「我們抓到這兩人的把柄，如果想利用德加斯那個不定時炸彈的話，這可能會相當管用。」

「我們的煙火秀何時能開始？」凡東・姆斯揉著貓咪頭問道。

「快準備好了，要那些邊緣者動起來還真是麻煩，搞得我都很想直接叫他們罪犯，這年頭不管什麼階級都想弄出個動聽的名字真是有夠多餘……」學生四號開始抱怨起酬勞的事情。

「總之最快在午夜能完成，如果他們生出足夠火藥的話，而且還要記得叫他們從骯髒的巢穴裡爬出來到目的地集結，我們非常需要這堆垃圾替偉大的革命者開路。」

「很好，就讓那些老古董再次體驗三百年前的恐懼吧。」凡東・姆斯看著書桌上的水晶紙鎮回應道。

那是個完美的四面體。

接著他看了牆上的紙製地圖一眼，博物館的位置上插著一根大頭針並用紅筆寫上「煙火秀」三個大字。

❖　❖　❖　❖　❖　❖

「我們抓到一個參與叛亂的邊緣者。」掃羅・罕醉克斯走進門的第一件事就是四處搜尋任何遺落的內衣。

「有從中得到任何消息嗎?」莉亞・罕醉克斯放下酒杯回應他。

「情況比想像中糟糕。議會已經動起來了,但還不能告訴那些死老百姓,鐵定會天下大亂。」掃羅嘆口氣坐上沙發。「凡東・姆斯計畫重演三百年前的叛亂,他想在博物館發動第一波攻勢。」

「那場革命的起點……」莉亞若有所思地注視高腳杯裡的血紅色液體。

那裡原本是議會門口那顆頭顱的家園,當年那位女貴族率領同志們在豪宅中引爆將近一世紀的內戰將空中市化為人間地獄。

年幼的莉亞見證了一切,她願意用生命阻止混亂再次發生。

她記得有位來自低階貴族的年輕女人從叛亂中倒戈,由於她在叛軍裡擁有極高聲望,因此她的倒戈拯救了搖搖欲墜並失去眾人信任的議會。

而那女人也在一百年前重新設計了空中市的天候系統。

奧莉維亞拯救了空中市兩次。

「我跟妳相差將近兩百歲,有時還得好好研讀歷史才知道妳在想些什麼啊,姐姐。」掃羅湊近她說道。「對了,那個亨利・德加斯竟然約我見面,不知道是要談些什麼。」

「或許他也想參與革命吧,那個消息靈通的小子……或是想阻止任何可能破壞他計畫的人。你還是小心點，可能會有不少麻煩發生。」

「我知道，畢竟我曾經和他共事過。」掃羅想起數年前和亨利一起追捕邊緣者的時光，那瘋子真的是沒人擋得住，不過自從亨利去過地表後就變了個人彷彿在那裡被掉包一樣。

你到底在想什麼？你在那裡發現了什麼？掃羅不安地想著，但隨即想起自己離會面只剩不到一小時，他匆忙告別莉亞便衝出門跳上飄浮小車，當他瞧見綁在方向盤上的東西時爆出一聲慘叫。

那是半截鞋帶。

❖ ❖ ❖ ❖ ❖ ❖

「瑪莉不跟我們來還真是可惜，她會喜歡這裡的。」詹姆士看著滿走廊的古代機械不禁小聲讚嘆著。

「說不定她在地表都看膩了。」亨利對他咧嘴而笑。

「也是……不過你有到過地表嗎？」詹姆士心不在焉地問道。

「沒，只聽瑪莉說過而已。」亨利終於找到無線電技術的展示櫃，瞇起眼仔細觀察那台保存狀況出奇良好的老古董。

「對了，你說的俱樂部離這裡遠嗎？」

「其實就在博物館下面，我們用特權在閉館後留了下來，很有機會遇到俱樂部成員出入，況且……我找到一個可能的兇案證人，他說自己當時目睹兇手走出你家並脫下面罩。」亨利幾乎能想像那台機器正在被使用時的樣子。

「那個證人也是俱樂部成員嗎？」詹姆士感到心跳逐漸加速。

「是的，但我們不一定有機會進到裡面，如果有必要也只能押著那個證人硬闖了。」

「聽起來真像什麼警匪片之類的。」詹姆士不禁翻了個白眼。

「噓！有人來了！」亨利連忙把他拖到一旁。

有個人影從遠處的走廊閃過，最後停在重型機車的展示櫃前對玻璃上的液晶儀表板按了幾下。

「看來在證人出現前，俱樂部成員就已經現身了……」詹姆士悄聲說道。

「或許那個證人被嚇得不敢出現也有可能。」亨利開始擔心起他的策略是否有效，如果瑪莉不小心幹掉對方的話就糟糕了。

然而展示櫃卻沒有如想像中冒出暗門之類的機關。

它爆炸了。

十一、賈奴斯之臉[10]

衣著襤褸的人們從爆炸的展示櫃裡衝出，男女老少全都手持武器。

「把槍給我！」亨利對詹姆士大吼。

「這是怎麼回事？」

「我哪知道！」亨利接過雷射手銃後立刻將詹姆士推到一旁。「快聯絡瑪莉！」不過一道亮光隨即從肩頭擦過讓他放聲慘叫。

「亨利！」

「快點！噢……該死！」他看著四周的紅色小光點不禁發出咒罵。

「我們……被包圍了？」詹姆士看起來快哭了。

「真是稀客。」學生二號悠閒地晃到他們面前。「從沒想過會在這兒遇見你們，我還在納悶怎麼會偵測到生命跡象呢。」

「你們？難不成那個死胖子已經開始……」亨利壓住肩膀死瞪著他。

10 賈奴斯之臉（Janus-faced）的是指心口不一或自相矛盾的情形，賈奴斯則是長著兩張臉象徵開始的羅馬神祇。

「革命已經開始了，你們最好馬上選邊站，否則就會跟這可悲的東西和地下室那堆垃圾一樣。」學生三號用腳踢了剛才被炸飛的倒楣鬼一腳。

「你們殺了樓下所有人？」詹姆士努力不讓自己吐出來，他扶起亨利艱難地起身。

「沒錯。」

「革命的敵人只有死路一條。」學生四號提著一顆新鮮頭顱走過來。「快點決定不然就準備被晾在議會門口！」

詹姆士還是吐了。

「真丟臉，虧教授還想收你為徒。」學生二號露出輕蔑的笑容。

「你打算拿我們怎麼辦？」亨利只能選擇把槍扔到一旁。

「當然是並肩作戰，之前的誤會就當作不曾發生吧。」學生二號用槍管抵住詹姆士的下巴。「決定如何？」

「你似乎不把詹姆士考慮進去？」亨利感到一陣不安。

「他一點用也沒有。」學生二號吩咐那群髒兮兮的邊緣者把詹姆士抓到一旁綁起來。「難不成你到現在還覺得自己有任何選擇？我們可是有你的把柄，別以為你那天在舞會上做了什麼會沒人看見。」

「那傢伙不是死了嗎？」亨利現在只希望有第二把手銃，就算殺死詹姆士也能完成他的目標，就算只是屍體也有用……是嗎？

「他死前把拍到的照片給寄出去了。」凡東・姆斯高傲地從人群中走出。「你和詹姆士都是相當有利的人質，我希望你能友善點與我們合作。」

「我這個議會高層的腦袋要是被掛在議會門口不是更合你們意嗎？」

「人們總需要夢想，議會高層的加入會使這把火燒得更旺。」

「就像三百年前一樣？」亨利只在影像裡見過那位女士，就連影像記錄也成為禁忌，他可是費了很大的勁才找到的。

「我們需要一面能揮舞的大旗。」凡東・姆斯遞給他一把匕首，上面的市徽已被抹除。

「我相信你也渴望戰爭，以及拯救你的愛人。」

「……是的，感謝你們提供機會，我願意這麼做。」亨利接過匕首後露出笑容。

那是珂蕾特・德加斯的匕首，那個在三百年前點燃革命戰火的女人。

亨利想到一個詭計，隨即懷疑自己是不是瘋了。

不，我早就瘋了。他幾乎要放聲大笑。

他將能騙過所有人。

❖ ❖ ❖ ❖ ❖ ❖

瑪莉在掃羅・罕醉克斯的後座愉快地哼著來自地表的兒歌，一邊欣賞後照鏡裡他一副快要嚇尿的樣子。

「不行！路被封住了！」掃羅喪氣地垂了方向盤一下。

「你看那裡是博物館耶！」瑪莉指著遠方竄出的濃煙大叫。

「該死！議會來不及阻止嗎？」掃羅快對那支不堪一擊的武裝防衛隊絕望了。「不不不……他們不會這麼做的，這麼做意義在哪？」他隨即想起那個被逮捕的邊緣者沒被送進大牢而是被運到其他地方，難不成議會的計畫是……

裝在瑪莉背包裡那台看似沒救的無線電突然爆出雜音，但周圍的混亂導致沒人發現機器已開始運作。顯然輸入古代技術編碼的奈米維修機器人已經完成它們的任務，它們匯集成一隻較大的個體，從中冒出一塊晶片插進電路板。

一則訊息不斷從機器放送。

而瑪莉就是渾然天成的強波器。

❖ ❖ ❖ ❖ ❖ ❖

「這也是你的計畫嗎？」詹姆士氣憤地對亨利大吼，手腳仍被綁在椅子上動彈不得。

「剛才要是拒絕的話我們現在還能活著嗎？」亨利一邊把玩匕首一邊回應他。「這的確是意料之外，我正在想辦法讓我們脫身。」

「你最好確保沒人偷聽！」詹姆士用鼻子指了指房門，他被關在博物館樓頂的儲藏室裡，大量的邊緣者從地下管線中湧出並開始在博物館周圍搭起堡壘。

「他們沒那麼閒，外加凡東・姆斯那老頑固似乎太高估我對革命的忠誠度了。」亨利把他身上的繩子割開。

「這不就是你想要的嗎？」

「才怪！你想聽真話嗎？都到這種時候還是實話實說好了。」

「我已經無法辨別你所說的一切是謊言還是真實。」詹姆士絕望地瞪著他。「我只想知道一件事，要是相信你，我還能活著離開嗎？」

「……可以。」亨利猶豫了一陣。

「很好！這下完蛋了！」詹姆士哀號著倒回椅子上。

「聽我說，詹姆士，我得告訴你真相。」亨利抓住他的肩膀。「這聽起來很瘋狂，但我其實是議會高層派下來對付凡東・姆斯的密探！引起他的注意就是我的目的，那個自以為沒人發現的老頭現在正把炸彈擺在腳邊啊！」

「我實在不想相信你……」詹姆士努力提醒自己別暈過去。

「我很抱歉得讓所有人信以為真，但我真的有找到證人，他正在趕來的途中，是以前的一位同事。」

「好吧，所以你根本不是學生？」

「是也不是……我也是靠實力考進來的，雖然我根本不用參加考試，這很諷刺對吧？」亨利不禁笑了出來。

「但為何要把我騙來這？如果你說的是實話，我對你的任務又有什麼用？」詹姆士突然想起自己還被牢牢抓住，只好紅著臉把他推開。

「你的外祖母留下一個詭異的遺囑給議會高層，但就連他們都不願相信，我擔心要是革命爆發後凡東・姆斯遲早會發現這個祕密，所以只好用計把你留在身邊，像櫃臺那件事就是如此。」

「你？那都是你搞的鬼？你等於間接害死那個職員耶！」詹姆士再度賞他一巴掌。

「我知道你會氣炸的，但為了空中市的存亡總要有些犧牲。」亨利揉著發燙的臉頰笑著，接著便拉開他的衣領試圖看見那道疤痕。「當年奧莉維亞在你動手術時將存有天候系統藍圖的晶片植入你的體內，她堅信絕對的權力會導致絕對的腐敗，總要留點籌碼給人們，這大概是因為她曾參與革命才會這樣想吧。」

「我一直以為那是謠言，沒想到我祖母真的參加過三百年前的……」詹姆士愣愣地摸著鎖骨下方的疤痕。

「是的，所以我們必須逃出去，最好能躲進天候系統。除非攻下議會，那些人是不敢隨意對天候系統動手的。」

「但要怎麼做？」

「瑪莉和那個證人待在一起，如果突破重圍的話我們一定能在附近找到他們。」然後殺死那個懦弱的垃圾，這全是為了你，我只能這樣補償你。亨利暗忖著。「等會兒那幫人會到市中心製造混亂，我們便能趁機逃跑。」

「但武器呢？我們沒有任何強大的……」就在詹姆士指著亨利手上的匕首時，門把轉動了一下，亨利連忙把他抓起來壓在牆上。

「噁……別那麼猴急好不好？難看死了。」學生三號一臉噁心地搖頭。「要幹他多的是時間。」

「我可不會用這麼難聽的字眼。」亨利放開詹姆士後瞪了他一眼。「你們準備派出炸彈客了嗎？」

「對，我們從邊緣者裡挑人出來，在這之前你不會想錯過的，尤其你現在又那麼想幹那傢伙的話。」

「我不想再糾正你一次……」亨利握緊拳頭。「你們現在又想幹啥？」

「想說那個邊緣者滿漂亮的，反正她都要死了就好好利用一下吧，你現在應該很需要。」學生三號笑了出來。「詹姆士想觀賞也可以啦，反正你這廢物現在哪裡也去不了。」

「我等會兒就下去。」亨利不耐煩地對他揮手。

「機會可是不等人的，大情聖。」學生三號甩上門就走了。

「這算哪門子的革命？哪門子的平等？」詹姆士憤怒地低語。

「消滅一個暴君只會製造下一個出來。」亨利拉住他的手臂說道。「他們一定不會讓太多人旁觀，我們可以宰了他們然後趁機開溜。」
「你就跟他們一樣殘忍！」他一邊掙扎一邊碎念著。
「你又怎麼知道我不會救那個女人？」
「我才不相信！你現在快變成雙面諜了！」
「也許吧。」

❖ ❖ ❖ ❖ ❖ ❖

小酒館空無一人，吧檯上端坐一台嘎吱作響的方形機器，酒保正在專心聆聽無線電傳出的訊息。
那是一段演講。
看來瑪莉帶來的古董都能正常運作，讓這場延遲三百年的演講傳遞到空中市其他隱密的無線電玩家耳中甚至傳到地表。
「東西運來了嗎？」酒保對走進廚房的人影問道。
那人看起來不像空中市民，甚至看起來不像人類，但他的祖先曾經自稱現代智人。
「說到那個，你幫我登記那什麼亂七八糟的名字『超音速噴火休旅車』，害我差點被海關攔下來！」長相怪異的傢伙發出不悅的嘖嘖聲。

「沒辦法，你傳給我的照片的確就是台休旅車啊。」只差沒有超音速也不會噴火，但裡頭可是藏了能夠拯救空中市免於腐敗之路的解方。

「唉算了！反正東西已經入關正在往這兒的路上。」長相怪異的傢伙還是笑了出來。「地表的反撲將會讓那群嬌生慣養的原始人大驚失色，這是被遺棄之人的最終復仇。不過……這台小機器有辦法把演講傳到地表讓軍團準時出擊嗎？」

「別小看無線電的力量，費多。」

「但那個亨利・德加斯還真是固執，偏要等到機器修好才願意把訊息傳出去，拿不到天候系統藍圖我們根本很難攻下整座城！」名叫費多的地表人再次埋怨道。「只有得到等同金鑰的藍圖進入控制室才能調整系統，這可是你告訴我的啊！那傢伙簡直是個不講理的瘋人，如果出亂子他就準備走著瞧！」

你不會想這麼做的。酒保暗忖著。你們不知道自己正在跟誰打交道。

十二、叛徒

數千年前，有位歷史學家曾經寫道「歷史是過去與現在永無休止的對話」[11]。我們深知忘記過去人類將無所適從，但若對當下失去夢想也無法產生具有意義的同理心並彼此傷害……甚至喪失人類最為自豪的創造力。我們何時失去了這股創造力？我們已經遺忘過去多久？人類歷史是否已走向終結？

——珂蕾特・德加斯，議會高層

斗室中只有微弱的火光閃爍，衣著襤褸的女人正瑟縮在牆角啜泣，金屬門發出噴氣聲後在光滑的地板烙下幾道人影。

「妳將被託付偉大的使命。」學生二號抬起她的下巴笑著。

「別浪費時間，我們有好幾個人在排隊耶！話說那個德加斯怎麼還沒下來？」學生四號不耐煩地瞪著他。

[11] 「歷史是過去與現在永無休止的對話」（History……is an unending dialogue between the present and the past.）出自美國歷史學者愛德華・卡爾（Edward Carr, 1892-1982）的著作《何謂歷史?》（*What is History?*, 1961）。

「大概還在演肥皂劇，不過我們得快點，要是讓凡東‧姆斯看到就完蛋了。」學生三號倚在牆邊說道，不過當他準備吐槽教授時，亨利和詹姆士也打開門踏了進來。「終於。」

「還以為你們已經開始了。」亨利心神愉快地看著瑟縮在牆角的邊緣者，順便從牆上倒影算出三人腰帶上總共只有兩把雷射手銃。

「好處總要跟盟友分享。你先來吧，我們可是很尊敬你的。」學生二號起身看著他。

「不，我倒想好好欣賞你們在這方面的表現，就當作是我的任性吧。」亨利坐上一旁的椅子說道。「那個被殺死的傢伙幹的事情，凡東‧姆斯之前都知道嗎？」

「你他媽的幹嘛提起那個……」學生四號衝向前揪住他的衣領。

「別這樣，我們有義務告訴他。」學生二號白了學生四號一眼。「凡東‧姆斯是看到新聞才知道那傢伙幹的好事，他對我們非常信任……尤其在人品方面。」

「看來那個偉大的革命家並不知道手下淨在幹些骯髒事？或者他只是在縱容你們？」亨利一邊整理皺掉的領子一邊問道。

「為了更長遠的目標，這點小錯不算什麼。」學生三號把正在哭泣的邊緣者推到地上並撕開她的上衣。

詹姆士握緊拳頭想要壓下怒吼，遲疑幾秒後宛如閃電般撲向一旁的學生四號。

「搞什麼？」在學生二號拔出腰上的手銃前他便感到腹部傳來一陣劇痛。「該死……你這沒用的東西……」他立即倒了下去。

學生三號的腦袋和胯下多了兩個大洞。

「你你你……你這傢伙……」學生四號痛苦地看著插在胸口上的匕首。

「憤怒果然能把人的潛能逼到極致，我本來還想親自動手啊。」亨利語帶讚揚地起身。

「我只想救她。」詹姆士愣愣地看著他。

「留著這傢伙讓他跟凡東・姆斯交代，其他兩人就算了。」亨利拿起學生二號掉在地上的手銃賞了仍在垂死掙扎的學生四號幾槍，順便把匕首從他身上拔出來。「我還是不喜歡雷射手銃。」

「但你剛才把匕首交給我！」詹姆士緊捏著手銃大叫。

「我本來只想趁機奪槍打傷他們然後再請你用匕首幫這可憐的女人鬆綁而已。」亨利用染血的匕首將邊緣者身上的繩子切斷。「我非常佩服你的勇氣，詹姆士，你一定能成功復仇的。」

「我……我還不想……」詹姆士感到一陣難以言喻的恐懼。

「我還不想死。」學生二號小聲哀嚎著。

「是嗎？那你又是用什麼心態傷害別人的？」亨利突然轉為憤怒地不斷朝學生二號開槍。

「懦夫！假惺惺的投機份子！你們沒資格說自己是革命家！」

「停下來！」詹姆士衝向前緊緊抓住他。

「這傢伙讓我作嘔！」亨利仍在繼續開槍讓一旁的邊緣者發出淒厲尖叫。

「你說過你會讓他活下來！」

「他們通通不配活著！」亨利扔下手銃大吼。「該死，彈匣空了！」

「你不該浪費武器的！」詹姆士緊張地看著金屬門深怕有人闖進來。

「我知道……抱歉，這是我的錯，我剛才竟然失控了。」亨利嘆了口氣推開他，順便脫下外套蓋在邊緣者身上。「我必須請妳幫忙一件事。」他看著一臉駭然的女人。

「什麼事？」她害怕地開口。

「想辦法活著，算我求妳。」他撿起地上尚未定時的炸藥。

「我……」

「有人來了！」詹姆士快要尖叫了。

「好戲上場。」亨利再次露出瘋狂笑容。

「天啊這是怎麼回事？」幾個手拿武器的邊緣者闖了進來並露出驚恐的表情。

「內鬨。全是為了女人。」亨利愉快地看著他們。「我們進來時就變成這樣了。」看來進門前和那些罪犯聊天交心的確能增加不被馬上射死的機率。他們也都是人，就像地上那三個垃圾一樣。

人都會犯錯。

「快通知凡東・姆斯！」身材高壯貌似是首領的邊緣者對其他人大吼。

「確認他們的情況，我會帶這位女士去醫療人員那邊。」亨利指指地上的屍體並一把抱起那個可憐的女人，順便揪著詹姆士的領子快步走出小房間。
「是……是的！」身材高壯的邊緣者在幾秒後便和爆炸的火光融為一體。
「你真的瘋了！你差點炸死我們！」詹姆士邊跑邊對他大叫。
「我沒瘋！我還留著一半的炸藥！」亨利露出欠打到不行的表情回應他。
「你這個瘋子！」
「你會感謝我的！」他在轉角放下邊緣者。「妳知道回地底下的路嗎？」他指指牆上的通風管。
「知……知道！」邊緣者驚訝地瞪大雙眼。
「回到下面去，告訴妳的同胞這是場騙局！還有無論如何都要活著！」他踹開金屬網。
「那我們該怎麼辦？」詹姆士聽見腳步聲不斷從長廊盡頭傳來，突然意識到他們跑進古代戰爭武器的展區，他瞪大眼看著差點迎面撞上的炮管，上頭吊著一面寫了「可操作展示機台」的告示牌。
「我不是說我還有一半的炸藥嗎？」
「你打算怎麼做？把牆壁炸個大洞？」
「這些只夠把展區入口堵住來延遲他們的攻擊。」亨利看著坦克車不禁笑了出來。「把牆鑿穿需要更多炸藥……或是別的東西。我們還真幸運。」

❖ ❖ ❖ ❖ ❖ ❖

瑪莉絕望地放下手中的通訊器，背包裡的無線電仍在撥放那段演說。

「那到底是什麼？」掃羅・罕醉克斯狐疑地從後照鏡看著她。

「亨利要我帶來的東西。」瑪莉感到鼻樑一陣酸澀。

「那東西一直在放出聲音，聽起來很像某種演說之類的。」

「似乎是……好像還是修好了。」

「什麼意思？難不成這是亨利的傑作？」

「大概吧，我越來越搞不懂他……」瑪莉被突然響起的鈴聲嚇了一跳。「亨利！」她對著通訊器大叫。

「你們沒事吧？」亨利在通訊器另一頭大喊。「我們還在博物館裡！」

「可是那裡被封住了該怎麼辦？」

「把車開到附近！」亨利聽起來似乎是卡在異常吵雜的機房裡。

「可是……」

「啊啊啊啊你他媽這什麼鬼東西——」掃羅指著車窗外的景象尖叫起來。

一台坦克車從博物館裡破牆而出，撞開封鎖線把馬路壓得滿目瘡痍，最後歪七扭八地停在漂浮小車面前。

「亨利！」瑪莉衝出飄浮小車對正在爬出坦克的兩人大喊。「你受傷了？」

「擦傷而已！」亨利連忙把詹姆士推給她。

「快點過來啊你們！再不快點機器人會圍過來！」掃羅在車子裡對他們大喊並立即縮進駕駛座下方躲避雷射槍射擊，看來那些代替膽小怕事防衛隊上工的機器人不是只會貼封鎖線而已。

「我們必須趕到天候裝置那邊！」亨利跳上車後對掃羅說道。

「欸等等為何？你不是只要我來說明……」

「現在安全的地方只剩那裡，議會高層恐怕也正在往天候裝置集結，我們必須向他們報告目前的情況。」亨利阻止掃羅繼續問下去。「詹姆士．布朗，擦鞋人謀殺案死者的兒子，我想你已經見過他了。」他指著後座的詹姆士。

「呃……是的，我當時有溜進法庭偷看。」掃羅吞了口口水回應他。

「這位是掃羅．罕醉克斯，他認識那個殺死你母親的垃圾。」亨利伸手拍了詹姆士一下。

「但那個兇手剛才已經被殺了……不是嗎？」詹姆士皺眉看著他。

「他今天沒來俱樂部，所以我才敢來跟你們會面，但沒想到會碰上這種事。」掃羅嘆口氣繼續開車。「抵達天候裝置我就告訴你我知道的一切。」

「很好，真是感謝你啊。」亨利笑著對他說道。

你到底在盤算些什麼？掃羅一邊踩緊油門一邊猜測亨利可能的計畫。炸彈？駭客程式？擄走工程師？但……總不會是那個傳說吧？不，奧莉維亞不太可能這麼做，她又不是瘋子，到了那裡就能證明一切然後剷除這個沒藥救的叛徒。他也是個專業騙徒，也許亨利這次會栽在他腳下。

每個人都在利用彼此。

❖ ❖ ❖ ❖ ❖ ❖

「議會當時並沒有剷除所有革命份子。」酒保對費多說道。

「所以這就是亨利那個瘋子想撥放當年演講的原因？讓那些還保留老機器的復古派捲土重來？」費多恍然大悟地看著無線電。

「不，警告那些垂垂老矣的傢伙災難再度發生。」酒保在他身旁來回踱步。

「但你們能往哪逃？地表不適合脆弱的物種。」費多露出輕蔑的笑容。「也許你和亨利覺得幫助我們能在那兒得到立足之地，但我可無法給你們承諾，活下來的原始人恐怕也只能屈居於奴隸之位吧。」

「是啊，所以拚了老命也得幹下去，我這罪犯就是這樣活過來的。」酒保也對他露出笑容。

「這是你所謂的俠義精神？還是投機主義罷了？」費多想起該是時候通知下頭的軍團了。

「都有，不過我總得為同胞著想，即使他們不會因此而感謝我。」酒保從口袋掏出雷射手銃。

「你要幹嘛？」費多驚慌地對他大吼便隨即躺倒在地，來不及拔出的武器掉落一旁。

「嗯，我還是喜歡第一個開槍。」酒保把手銃收回口袋，順便掏出一台屬於空中市的詭異機器替費多的屍體掃描幾秒然後再對準自己。

現在他暫時擁有費多的長相與聲音，而躺在地上的費多則暫時變成他的樣貌。

「這裡是斥侯費多。對方出現叛徒，亨利‧德加斯則是生死未卜，延緩出擊會是較佳選項，因為議會得知多少仍尚未查明。」酒保打開費多的通訊器，順便讓鏡頭朝向地上的屍體拍攝一陣。

「兩小時。我不管那瘋子的死活，他只要拿下天候裝置就行了。」通訊器螢幕浮出另一個地表人。

「是的，我將會在天候裝置恭候大軍降臨。」

「你值得重賞，費多，你成功讓他們利用彼此。」地表人愉快地關上螢幕。

「是啊，每個人都在利用彼此。」酒保笑著說道。

十三、多重真相

飄浮小車往城市中央的一座高塔駛去，那是座被水道環繞的白色圓柱形建築，壁面沒有半扇門窗。小車接近高塔前便快速潛進水道消失，只留下滿地水花和歪七扭八的草皮。

「你還是很喜歡緊急通道？」亨利對正在開車的掃羅問道。

「沒差，這是我的特權。」掃羅謹慎地握住方向盤讓小車平穩地在水中前進。「你也可以這麼做。」

「我開車技術沒你好，怕一進水裡就撞牆了，到了記得叫我。」他神態自若地躺回座椅。

「好吧，那我只好當起導遊來了。」掃羅翻了個白眼回應他。「後座的兩位，我們現在位於天候裝置主建築的下方，這些水是從冷卻系統裡排出來的，作為循環和護城河之用，至於正式入口並不存在主建築上，而是要從議會高層居住的地方進入才行。」

「但要是所有人都跟你一樣直接潛水進來呢？」詹姆士看著窗外的一片深藍，這讓他想起被綁架時做的夢。

「不用擔心，這裡有保全系統會辨識我的車子，要是閒雜人等貿然闖入可是會被打爆的，外加並非所有車子都有潛水功能不是嗎？」

但我就是閒雜人等啊。詹姆士實在不想吐槽駕駛座上的高階貴族。

飄浮小車在水道中緩緩前進，一會兒後抵達出口從水面浮出。掃羅把車子開上岸便走向鑲嵌牆上的灰綠色螢幕，將手指放在上面讓突然竄出的探針戳了一下，白色金屬牆在螢幕閃爍幾秒後一分為二地打開。

「各位請看，這就是天候裝置。」掃羅指著面前無數的管線和散落地面的巨大圓柱向眾人展示，然而他的右手早已握緊口袋裡的雷射手銃。

「真是壯觀，但議會高層好像還沒出現耶。」瑪莉抬起頭四處張望。

「可能還在開緊急會議討論當前麻煩，老弱婦孺大概等會兒就出現了。」掃羅領著他們在無數儀器間穿梭尋找控制室的位置。「但我們終於可以驗證那個傳說了。」他其實也相當期待真相，雖然目的是將其摧毀。

他一直懷疑奧莉維亞真會這麼做的可能性，但也曾經嘗試尋找傳說中的第二份藍圖，就算派人殺死她的後代也在所不惜。然而奧莉維亞的女兒身上並沒有晶片存在，這讓他因此遭受議會高層的嚴厲譴責並被迫收手。

就連亨利都不知道這件事。

「什麼傳說？」詹姆士感到一陣不安。

「當然是你身上那塊晶片，布朗先生。我想亨利應該有告訴你，已經情勢危急了他應該有說出來吧。」掃羅關上控制室大門後轉身回應他。

「是的……他有告訴我。」詹姆士揪緊上衣，急切地想再次向亨利確認，但亨利卻站在一旁漠然看著他似乎在盤算些什麼。

「所以議會得好好保護你，這就是把你帶來這兒的原因，不過我也得實踐諾言說出你母親被謀殺的真相。」掃羅笑著走近他。

「你知道真相？你不是只有目睹當時的……」

「唉，掃羅，你還在騙他？」亨利終於開口。「你知道我找你來的目的，你最好坦承一切。」

「你這個正義魔人又知道些什麼？你什麼都不知道啊。」掃羅捏緊口袋裡的手銃，不過瑪莉卻在這時從他背後冒出來將他的雙手扳到背後。

「騙子！謀殺犯！你剛才看到那條鞋帶後什麼都招了不是嗎？」瑪莉氣憤地對他大吼，半條從證物盒裡偷出的鞋帶從胸前口袋探出。

「放開我妳這怪物！」掃羅尖叫著想從她手中掙脫。

「他就是殺死妳母親的垃圾。」亨利指著掃羅對詹姆士說道。

「那不是我！一切只是誤會！」

「當年他一定是在跟你母親拿球鞋時趁機將鞋帶抽掉，甚至在殺死你母親時都還帶著那東西，只不過不小心將鞋帶弄斷掉在現場。你只想殺人對吧？這都只是你的藉口！」亨利轉為憤怒地看著掃羅。

「不不不！不是你想的那樣啊亨利！我沒有殺那女人！聽我解釋！」

「你以為把這骯髒差事扔給你那群嗜殺成性的同夥就不會被發現嗎？」亨利撿起掃羅掉在地上的雷射手銃，把彈匣拿出來放進自己的手銃。「但你委託的傢伙竟然把鞋帶掉在現場，真是有夠粗心。」

「該死！你是怎麼找到那個殺手……」掃羅感到褲襠一陣濕熱，接著是灘清澈淺黃色液體從他腳邊流出。

「你是瞧不起我的搜索能力嗎？你們這些人還真是丟盡貴族顏面！」亨利啐了他一口後便轉向近乎崩潰的詹姆士，將珂蕾特・德加斯的匕首交給他。

「我……」詹姆士絕望地看著他，淚水不住地從眼眶滑落。

「他是你的了，還有殺手也是。」亨利伸手抹去他臉頰上的淚水，看著他的神情不禁為難地笑出來。「我其實很討厭別人哭，我從來都不知道要怎麼安慰他們，這會讓我非常慌張。」

「所以……他是主使者，但你說殺手另有其人……那傢伙在哪？」詹姆士握緊匕首問道。

「你很快就會見到，那個殺手就在……」當亨利正要開口時，一陣亮光從控制室外傳來將玻璃窗打成碎片。

莉亞・罕醉克斯站在外頭看著他們，手裡拿著大到近乎炮管的雷射手銃，那東西只在內戰時出現過。

「姐姐！」掃羅對她失聲哭喊，但隨即變成一坨血肉模糊害得瑪莉一邊尖叫一邊撞上牆壁。

「我偷聽了一切，希望你們不會介意。」莉亞指指耳朵上的竊聽器。「讓奧莉維亞的子孫受害真的非常抱歉，我很遺憾自己有這種血親。」

「至少那不是妳幹的，我的優秀同僚。」亨利皺眉看著那把恐怖的手銃。「但妳來這的目的是什麼？罕醉克斯家族不是議會高層，妳絕對不是為了逃難而溜進來。」

「雖然我恥於和弟弟相提並論，但我也想知道那塊晶片是否真的存在。」莉亞指著詹姆士說道。

「你們……你們該不會要殺掉我吧？如果我身上真有晶片的話……」詹姆士快要過度換氣了。

「別鬧了詹姆士，空中市沒那麼原始好嗎？雖然取出晶片是侵入性行為沒錯。」亨利嘆口氣抓住他，把他拉到沾滿血跡的儀表板旁邊，將他的上半身牢牢按在一大片液晶螢幕上並按下按鈕。

「這姿勢還真引人遐想。」莉亞愉快地倚在牆邊。

「閉嘴不然就會變得跟妳弟一樣。」亨利一邊抓住詹姆士一邊低聲咒罵。

「不過我倒很好奇你找到的那位殺手是誰？貴族中竟然有這種墮落到與邊緣者無異的人渣存在？」她撥弄波浪般的黑色長髮問道。

「那是……」一陣鈴聲打斷他。「該死就不能讓我把話說完嗎？」他氣憤地拿出通訊器大吼，這讓詹姆士有機會悲慘地滑落在地。

「天啊你還活著！我以為你掛在博物館裡了！」酒保的聲音從通訊器裡爆出。

「我已經他媽的進入天候裝置了！還有你聲音怎麼聽起來怪怪的？」亨利惱怒地回應他。

莉亞狐疑地翹起一邊眉毛。

「我用了變聲器！他們只願意給兩小時！找到金鑰沒？」

「這是怎麼回事？」莉亞舉起手銃對準他們。

「政變，罕醉克斯小姐，有兩股勢力正在對議會摩拳擦掌。」亨利笑著關上通訊器。

「兩股？我以為你已經被凡東・姆斯收買了！」莉亞在心中大喊不妙。

「凡東・姆斯只不過是最好應付的對手，另一個恐怕能摧毀整座空中市。」

「該死你這個……」莉亞按下開關準備射擊，但瑪莉卻早已出現在她背後。「妳這怪物！」

瑪莉摸了手銃一下，那把手銃宛如灰塵般消失在空氣中。

「聽我解釋，罕醉克斯小姐，這是妳和掃羅沒被分到的工作，我正是那個被議會高層派來化解這場危機的人。」亨利悠閒地走向她。「凡東・姆斯想帶領邊緣者重演妳最害怕的那場革命，而沒被斬草除根的老革命份子則是企圖以我，也就是珂蕾特・德加斯之孫的名義與地表人合作攻下空中市並建立新政權。妳以為議會高層不會發現？他們派我走出那座無聊的象牙塔就是為了處理此事，我可是讓你們這群密探都以為我也是支持革命的瘋人啊，而我也讓這幾兩股勢力都誤以為我是他們的同夥，這下他們都要完了。」

「我該相信你嗎？」

「瑪莉剛才沒扭斷妳的脖子，妳應該相信我們。」

「那通訊器另一頭說的兩小時是怎麼回事？」

「地表人攻上來的時間，天候裝置將是他們的第一站。」

「天啊！我必須馬上通報議會！」

「不，妳不需要。」亨利伸出食指左右搖動。

瑪莉俐落地扭斷莉亞・罕醉克斯的脖子。

「這是怎麼回事？為何你不讓她通報議會？」詹姆士揪住他的衣領大叫。

「地表人這次可是把大軍全都派了上來，如果他們和空中市同歸於盡的話會是重新奪回地表的最佳機會，至於拿著天候裝置金鑰卻不知此事的腐敗議會就讓他們再見吧。」亨利握住他的雙手撫著。

「不……你騙了所有人？這就是你改變空中市的方法？你知道這會害死多少人嗎？」詹姆士再度哭了出來。

「只有那些沒被權力腐化的人才能活下來，議會高層已經容忍那群垃圾太久，真正的智者會再次做出正確決定。」

「那工作聖者呢？他們也要被淘汰嗎？」詹姆士想起城裡的親友們。

「我們會盡力拯救那些長期被壓迫的可憐人。」

「所以這都是那群神祕的議會高層搞的鬼?」

「沒錯,全都是那些人中之人的計畫,我只是他們的一顆棋子,一顆不起眼的小卒。」亨利再次把他推回液晶螢幕上。「而喊將的時刻已經來臨。」

「不,亨利,我覺得你比較像騎士。」詹姆士終於破涕而笑。

「為何?我還滿訝異你會知道這些術語。」

「工作聖者把這傳統也帶了上來,我猜議會高層也會下棋吧。還有我覺得你像騎士是因為你有時喜歡把那種古代的俠義精神掛在嘴邊,無論是不是出自真心,但你總是到處救人……包括我。」他想起博物館裡的那個邊緣者,一個只在乎權勢的貴族不會叮嚀他們無論如何都要活下來。

「工作聖者與人中之人竟然如此相像。」亨利看著儀表板上的燈光露出狡猾笑容。「很好,已經確認你身上有晶片存在了。」

「那接下來該怎麼辦?把我剖了嗎?」詹姆士突然不害怕這件事,他覺得自己也瘋了。

「傷口不會太大,外加剛才還沒說出那個殺手是誰。」亨利禮貌地扶起他。

「大可留到之後再說,應付你說的地表人大軍比較要緊。」詹姆士捏著衣角回應他。「我相信你。」

「謝謝你。」

亨利按下儀表板上的另一個按鈕讓天花板伸出一根細長的探針,空閒的左手正在打開通訊器準備聯絡酒保。

「混亂要開始了。」他對通訊器說道。

我將能騙過所有人，但我的性命早已交付予你，詹姆士。

十四、傷害・前篇

博物館外擠滿看熱鬧的人潮，在武裝防衛隊趕到後便一哄而散，只剩被剛才鬧哄哄的人群扯爛的機器人碎片。看來有不少暴徒趁亂對那些搶走人類工作的東西下了毒手，但顯然某位古代科幻小說家的機器人三大定律是成功的，它們並沒有任何反抗。

凡東・姆斯瀕臨崩潰地指揮逐漸潰散的邊緣者繼續反抗，然而一枚竄進正廳的飛彈卻將他們快步推向失敗的懸崖邊緣。

「我們需要更多援助！快叫下頭送人上來！」凡東・姆斯對身旁的彪形大漢怒吼。

「他們拒絕了！」

「為什麼？我們不是說好……」

「謠言已經傳遍地底，有人放話這一切都是騙局啊！」彪形大漢一邊開槍一邊回應他。

「該死！找出散播謠言的叛徒！殺死他們！」

「這種時候要怎麼揪出叛徒？我也很想但根本不可能啊！」

「那就快點撤退！」凡東・姆斯捂著受傷的手臂喊道。

「到哪？我們已經無路可逃了！」

「下水道！」凡東・姆斯現在只希望找到解釋，一個就好，能解釋亨利他們殺死學生逃脫的原因。

「喔不這可不行，下頭已經堵住通往地下的出入口，我們得離開博物館才能逃回下面！」就在彪形大漢狼狽地回應他的時候，一個邊緣者跑了過來警告他們趕緊離開，沒多久後另一顆飛彈又竄進來將殘破不堪的正廳轟成廢墟。

「我們得攻破那些邊緣者圍起來的堡壘，不然就會在這裡等死！」凡東・姆斯在地下室指著堆滿地道門口的障礙物對殘餘人馬命令道。

「是的我們知道，所以我們應該要炸掉地下室的意思囉？」彪形大漢不放心地瞧著被堵住的通風管。「現在的炸藥數量應該可以……」

「可以的，我們有足夠的炸藥能炸開地下室。」剛才那個邊緣者露出詭異的笑容。

「什麼意思？」凡東・姆斯感覺一陣無法言喻的恐懼席捲全身。

當那個邊緣者拉下身上的引信時，博物館終於塌了下去並揚起大量粉塵，外頭拿著手銃的防衛隊鬆了口氣並開始感謝起議會的高明計畫。

「看來議會門口又要高掛另一顆腦袋了，如果能找到屍體的話。」一個隊員喃喃自語道。

❖ ❖ ❖ ❖ ❖ ❖

詹姆士痛苦地捂住鎖骨下方的一片血跡坐倒在地，他看到探針尖端似乎多了個微小的亮點。

「最省力的方法，不過也只有這裡才行，我之前一直想趁你睡覺時直接動手。」亨利愉快地倚在儀表板旁。

「所以我該感謝你的不殺之恩嗎？」詹姆士接過瑪莉手上的繃帶後問道。

「不需要，我一直對你隱藏真相才該道歉，現在是揭開遺言真假的時候了。」亨利戴上手套將探針上的晶片拿下來，放置在儀表板上的一個凹槽然後再度按下按鈕，液晶螢幕浮現一幅迷宮般的圖像。「顯然是真的，這是……這是天候裝置的藍圖。」他的語調難掩興奮之情。

「我們現在該怎麼做？要如何阻止地表人的攻擊？」詹姆士走到他身旁，手指好奇地撫上發光的螢幕，亨利連忙把他的手抓起來。

「嘿！別亂動！藍圖現在能操控天候裝置！」亨利猛然皺起眉頭。

「你是指能從這個螢幕上操縱整個裝置？」詹姆士瞪大雙眼。

「沒錯，只有議會手上握有另一個藍圖晶片，這很詭異，就連議會高層都得向他們過問才能操作這東西。」

「看來這是某種制衡的關係吧……或恐怖平衡，議會也握有把柄不被議會高層操縱，但你現在突破了這個限制。」詹姆士瞄了他一眼。「別跟我說這個控制氣壓和天候的儀器也能發射武器之類的。」

「當然不行，但天候裝置同時控制了空中市的保護層。」亨利指了指天花板。「如果地表人攻進這裡的話，他們可能會藉由關閉保護層來癱瘓空中市的對外防護，到時空中市就會變成一顆脆弱的水晶球。」

「聽起來真糟糕。」

「對了，我也順便告訴你我和瑪莉的關係好了。」他慎重地看著詹姆士。「她並不是我小時候的鄰居，幾年前我在地表碰見她。」

「等等！瑪莉不是人類嗎？」

「我都能把槍變不見了你覺得呢？」瑪莉的聲音突然從他耳邊竄出讓他嚇得一腳摔進亨利懷裡，但她隨即一臉不快地看著亨利。「欸亨利，你沒把話說清楚詹姆士都快嚇死了。」

「好好好我會繼續說下去。」亨利舉起手試圖停下她的責備。「幾年前我跟罕醉克斯姐弟，也就是地上那團東西和那個倒楣的女人，我們加入議會與議會高層組成的團隊調查一起發生在地表的走私案，當時有人渣想把地表人引進空中市作為珍禽異獸飼養。某次意外中，我的飛船墜毀在地表，而也恰巧發現那起犯罪的真相……有貴族竟然在那兒建立了實驗室，那是我見過最慘無人道的地方，甚至可說是我不小心踏進了地獄。」

「那裡發生了什麼事？」詹姆士一邊推開他一邊問道。

「合成生物。」亨利嘆了口氣。

「人類和已經進化的人類？」

「那只是一部分，那群瘋子把人類和地表人配種，甚至加上留在地表突變的生物基因，這產生了一大群具有超乎常理能力的生物……而瑪莉就是他們最出色的實驗品，各種能力的完美合體。」

「所以她才會用摸的就讓那把槍消失？」詹姆士目不轉睛地看著在一旁哼歌的瑪莉。「那你後來怎麼做？那個慘無人道的地方？」

「那裡喔？我逃出那群怪物後就把它炸掉而且還順便跟倒楣的地表人交上朋友，等到罕醉克斯姐弟趕來救我的時候，那裡已經看不出有任何建築物存在了。」亨利輕描淡寫地回應他。

「你還真是瘋狂，不是我在說。」詹姆士笑了出來，不過隨即被傷口傳來的刺痛弄得緊皺眉頭。

「你需要好好休息，剛才沒有麻醉劑就讓你受傷真的很不好意思。」亨利把他扶到一旁的椅子上。「我會替系統加強防護，目前也只能這樣了。議會那邊正忙著對付凡東·姆斯的革命，如果那能稱為革命的話……地表人現在要是打過來將會沒有任何反擊的力量。」

「所以你要眼睜睜看著空中市遭到攻擊嗎？」詹姆士還是對這件事有著強烈罪惡感。

「那是他們應得的，議會高層已經透過地下那些邊緣者作為中間人通知勞動聖者居住的地方，接下來的攻擊不會波及他們和議會高層的居住地區，只有那片廣大的貴族區域會遭到破壞。」亨利再次狡猾地笑著。「凡東·姆斯要是知道自己老早就被陰了的話鐵定會直接氣死，議會高層獲得的資訊有時並沒有完整傳達到議會去，罕醉克斯姐弟大概是這裡頭最倒楣的受害者。」

「你們議會高層還真是善於心計。」詹姆士靠著牆壁嘆息道，隨即被背後傳來的一陣溼意嚇得直接跳起來，原來他不小心沾到一坨腦漿之類的東西。「啊啊好可怕！」

「哈哈哈，你壓到掃羅的腦袋了！」亨利毫無良心地掏出手帕替他擦拭背上的髒汙。「對了，也許瑪莉跟你說過我們維持開放式關係，不過我得告訴你一件事，我是真的愛上她了，雖然我的行為經常讓你誤會。」他將手帕扔到一旁，隨即走回儀表板操作閃爍中的液晶螢幕。

「我以為……你對我有意思。」詹姆士不禁臉紅起來。

「再說吧，如果瑪莉同意的話。」

「我舉雙手雙腳贊成。」瑪莉愉快地回應他們。

「不了，謝謝你們的好意。」詹姆士不敢想像這會是什麼樣的畫面。

「呃，這是……」亨利皺起眉頭。「詹姆士，我需要你的協助。」

「怎麼了？」詹姆士緊張地看著他。

「我進不去控制選項，系統竟然需要你的生命跡象作為驗證，這實在太奇怪了。」亨利在心中為沒有殺死他感到一陣慶幸。

「什麼？」

「來這裡站好，把手放在螢幕上。」亨利把他再次拉到液晶螢幕前。「這需要你我同時進行，我已經輸入我的權限，但必須和你的生命跡象同時被系統進行驗證。」他也把手放在螢幕上並示意瑪莉看守控制室外圍，瑪莉隨即揮了揮手讓剛才消失的大手銃憑空出現。

儀表板劇烈閃爍起來，懸吊在空中的另一個螢幕突然自行打開。出現在所有人面前的竟是奧莉維亞・帕克皺紋滿佈的笑臉。

「到頭來……還真的有人相信我的遺囑？」奧莉維亞露出苦惱的笑容。「詹姆士……還有……珂蕾特的孫子？」

❖ ❖ ❖ ❖ ❖ ❖

（地表）

數千台戰鬥機準備起飛，一位臉部嚴重受損的高壯地表人站在大軍面前高聲演講。

「我們被遺棄、被殘害，被那些高傲的敗類視為牲畜蹂躪著！」他的怒吼彷彿能穿越大氣層。「我們是人類的未來，那些低賤無恥的蛆蟲準備遭到淘汰！就像現代智人殺光尼安德塔人一樣！」

戰鬥機宛如黃蜂滿布紫紅色天空，體態怪異長滿犄角的戰士們走進隆隆作響的運輸機，當空中市玻璃球般的外殼出現在雲端時，無數炮彈發出光線飛向仍在黑暗中安眠的人們。

十五、混亂

議會裡亂成一團，那群鬧哄哄的議員就算飛彈竄進建築裡依然吵得不可開交。他們目前安然藏身在厚重牆壁裡頭，只有外圍的各種行政機關陷入火海彷彿煉獄。

「高層沒有任何回覆！他們根本想拋下我們！諸位別再爭執了快點同意反擊啊！」凡東・姆斯的么弟葛拉・姆斯，空中市議會議長，正對著麥克風怒吼。

「叛徒的兄弟沒資格說話！」人堆中飛出一個水杯差點擊中他。

「我已經仁至義盡了！叛軍快被剷平但我們也快被不明攻擊打敗了！」葛拉・姆斯對於殺死兄長毫無遺憾，為了公眾利益著想他必須保全多數人。「反擊還是防守？大家快點決定！」他嘶聲力竭想阻止議會裡的混亂，但一陣轟然巨響讓他驚訝地說不出話來。

牆壁出現一個大洞，周圍的議員不是被炸飛到屍骨無存不然就是倒成一片哀號著。

「看來這兒會是很棒的紮營處！」臉部嚴重受損的高壯地表人從煙霧中走了出來，他舉起手銃對準葛拉・姆斯。

「殺死我們是沒用的你這怪物！就算議會沒有發號施令還是能……」葛拉・姆斯在一道閃光後痛苦地跪倒在地。

「我們需要奴隸，你會是很好的首領。」叫做馬雷烏斯的地表人軍官揪起他的領子笑著。
「不如殺死我算了！」
「我喜歡這傢伙，把他帶下去！其他通通殺光！」馬雷烏斯抖動充滿疤痕的大耳朵使喚大群奇形怪狀的地表人，他們舉起手銃開始射擊。
「不——」葛拉・姆斯哭號著目睹議員們悽慘的死狀。
「現在用不著議員開會了，親愛的議長，但這樣下去武裝部隊還是會反擊對吧？我可是非常期待呢。」馬雷烏斯放下手銃坐上濺滿鮮血的發言臺。「天候裝置的藍圖就在你手上，而我的間諜到現在都沒有回音所以只好先來這裡，請把它交出來。」他翹起二郎腿看著正在劇烈顫抖的葛拉・姆斯。
「你不會得逞的！」葛拉・姆斯瞪著近百把對準他的槍管。
「我自有辦法。」馬雷烏斯舉起右手一揮，一條項鍊便從葛拉・姆斯的衣領竄出並發出清脆的破裂聲飛到他面前。
「怪物！你這個怪物！」
「你們製造出來的怪物。」馬雷烏斯捏著項鍊墜子說道。

❖ ❖ ❖ ❖ ❖ ❖

「妳是……奧莉維亞・帕克的意識？」亨利不敢置信地瞪著螢幕裡的老婦人。

「是的，我將意識與藍圖一同存進晶片，這是我留給空中市的唯一遺產，交由不知情後人看守的最後防線。」奧莉維亞友善地回應他。

「空中市不知道還能撐住多久，這下該怎麼辦？」詹姆士看著祖母的面容幾乎要再度落淚。

「當晶片被天候裝置儀器讀取時，我的意識便進入整座城的網路系統，現在就連最底部的重力裝置也在掌控之中。」奧莉維亞指指螢幕下方。「保護層已被攻破，我現在能做的只有再次加強它把入侵者關在空中市無法進出，剩下的就由空中市民面對吧。」

「我現在能控制妳嗎？」亨利伸手覆上液晶螢幕。

「當然，但我會好好看緊你的。」奧莉維亞露出意味深長的笑容。

「關閉貴族居住區的氣壓平衡，將氧氣濃度恢復成平流層的最低數值。」亨利在螢幕上飛快比劃著。

「你在做什麼？這樣會殺死很多人！」詹姆士連忙抓住他的手。

「你看這裡，地表人沒遵守約定直接從議會那一帶侵入，我們必須將那裡變成死城才能殲滅入侵者。」亨利指著一旁螢幕裡的地圖，上面已經有三分之一轉為附帶警戒標示的紅色區塊。

「他們會來不及逃生！」詹姆士硬是把他推開。「不行這樣！奶奶！妳絕不能讓他這麼做！」他對螢幕裡的奧莉維亞大喊。

「你也已經是裝置認可的操控者，詹姆士，這都由你們決定，我只負責不讓空中市全毀而已。」奧莉維亞語帶鼓勵地回應他。

「抓住他，瑪莉。」亨利把他摔回地上，瑪莉像道閃電般出現在詹姆士面前。

「不！亨利！別這樣做！他們會死的！他們根本什麼都不知道啊！」詹姆士絕望地喊著。

「我僅代表議會高層的意志留下被選定的居民，我騙了你們所有人。」亨利按下螢幕上的確認鍵。

「但你想這麼做嗎？」詹姆士被瑪莉拖行著一頭撞上濺滿血肉的牆壁。「這就是你改變空中市的方法？你瘋了嗎？」

「是的我瘋了！這就是我的方法！你最好感謝自己被留下來！」

詹姆士想起匕首還在口袋裡，他奮力掙脫瑪莉的鉗制，不顧刀鋒割傷大腿的劇痛將它用力抽出來插進瑪莉的胸口。

「你這混帳！」亨利怒吼著撲向他。

「一定有辦法阻止入侵者！不能犧牲這麼多人！噢！」詹姆士在他的痛毆下不斷咳出鮮血，拚了命想爬回儀表板阻止屠殺發生。

「休想阻止我！」亨利揪住他的頭髮將他再次撞上地板。

「我必須這麼做！我不是你！」詹姆士在極度的痛苦中思索著，視線因為眼鏡早已飛到一旁而再度模糊，只能艱難地用手臂阻擋暴雨般的拳腳飛來。

「貴族居住區將於五分鐘內恢復平流層的大氣模式。」奧莉維亞的聲音從儀表板傳來。

「給我停下來！不然我真的會殺死你！」亨利掐住他的脖子大吼。

詹姆士感到背後傳來一陣冰冷，這才發現自己壓住剛才掉在地上的一把手銃，他掙扎著伸向背後拔出槍管抵住亨利的額頭。

「放過他們……求求你……」他無法阻止聲線中的劇烈顫抖。「殺死暴君無法阻止下一個出現……這是你說的，一定還有方法……」

「你要我相信空中市那軟弱的武裝部隊？」亨利像是不怕抵在頭上的槍管般湊近他。

「他們……會為了存亡而戰。」詹姆士感到呼吸逐漸困難。

「到這種時候你還對那堆垃圾抱持希望？那些曾經狠狠傷害過你的人渣？」亨利繼續加重手指在脖子上的力道。「你是我見過最蠢的人！」

「再怎麼蠢都沒有比麻木不仁糟糕！我們都是同一種生物！我們不該自相殘殺啊！」詹姆士扣下扳機，絕望地閉上眼不想看見接下來會發生的事情。

「呃，你拿到掃羅的槍了。」亨利竟然笑了出來。

「我求你別犧牲他們……別殺死我。」淚水再次流下他的臉頰。

他知道亨利會殺死所有跟他求饒的懦夫。

他想放棄了。

然而亨利卻放開他逕自走回儀表板。

「停止封鎖貴族居住區。」亨利對奧莉維亞說道。

「你就像珂蕾特當年一樣啊。」奧莉維亞緊皺的眉頭終於鬆懈下來。

「聽起來我似乎難逃一死。」亨利拿出通訊器聯絡酒保。「欸，你他媽的是怎麼跟他們聯絡的？地表人怎麼會跑到議會去？」他語帶不滿地問道。

「全都是因為他們受不了你磨蹭太久才會變成這樣！他們已經搶到議會手上的藍圖了！」酒保緊張兮兮地回應他。

「多久之前？」

「半小時，他們差不多要抵達天候裝置了，你擋得住嗎？還有議會高層的老弱婦孺該怎麼辦？」

「那就快點給我過來幫忙啊！」亨利快把通訊器捏爆了。「瑪莉不要再裝死了快爬起來！」他使盡全力用最客氣的口氣對瑪莉說道。

「好啦！」瑪莉皺著臉從地上爬起來，順便把身上掉下來的匕首還給一臉吃驚的詹姆士。

「很有潛力。」她苦笑著搓揉那頭深褐色髮絲。

「他可是我的寶貝孫子啊。」奧莉維亞聽起來非常自豪。

「但願妳不愛哭，我不認為珂蕾特能忍受愛哭鬼。」亨利一邊嘀咕一邊撿起掉在地上的眼鏡幫詹姆士戴回去，看著對方滿臉是血的狼狽樣不禁感到濃烈罪惡感襲來，他猶豫地張開嘴想說聲抱歉。

「不需要道歉，我們都失控了。」詹姆士舉起手阻止他。

「我……」

「眼淚不全然是懦弱的表現與罪犯的鍾愛，眼淚……有時也能找回失去的人性。」奧莉維亞突然開口。「珂蕾特想與地表人結盟，我便是因此和她決裂的，我不能眼睜睜看著空中市民慘遭屠殺。我哭著向她哀求卻得不到結果，但就在我離開革命軍後，她阻止了那段要送達地表的演說。」

「所以……妳破壞了妳們的偉大計畫？」亨利無奈地笑了出來。

「因為我愛她，我不能坐視摯友成為人類滅絕的兇手。」奧莉維亞茫然注視著虛空彷彿在回想三百年前的風風雨雨。「我太在乎她了。」

「她也一樣太過在乎妳，她一定也是深愛著妳才會親手斷送活下去的機會。」他看著正在幫自己包紮的詹姆士。他真該把這傢伙推開，這個沒藥救的蠢蛋竟然不先處理自己的傷口而是先手忙腳亂地替他止血。

「你們會活下去。」奧莉維亞再次提起精神看著他們。「真正腐敗透頂的並非貴族而是議會高層，那些傲慢的象牙塔居民從來學不會教訓。」

「唉，看來我得說服自己要為多數人賣命啊。」亨利懊惱地抱緊詹姆士。

「好痛……」詹姆士呻吟著想把他推開。

「還有場硬仗要打，我會盡可能保護你。」亨利不捨地放開他。

「那個……我不想打斷你們的兩人世界，但他們好像來了耶……」瑪莉指著螢幕上的紅色光點。

亨利瞄了不幸的罕醉克斯姐弟一眼，幾乎要相信自己現在才是真正瘋了。

十六、傷害・後篇

馬雷烏斯站在天候系統所在的高塔外笑著。

「你們顯然有人躲在裡面，親愛的議長，剛才有人企圖修改議會周圍的大氣模式想淨空那兒。」他對一旁被五花大綁的葛拉・姆斯說道。

「我不知道你在說什麼！」葛拉・姆斯寧願被剛才的缺氧狀態悶死。

「喔不不不，我還想到一個可能，我們可愛的間諜說不定收了你們議會的好處窩裡反了。」馬雷烏斯戳了他的臉頰一下。

「什麼間諜？我從來沒聽過這回事！」難不成是罕醉克斯姐弟……葛拉・姆斯突然想起這兩位密探，但他實在難以理解那對姐弟為何能操控天候裝置。

「所以只好進去看看囉，只要拿下這裡，你們所有人都得乖乖聽話。」馬雷烏斯示意士兵舉起炮管。「我已經派遣另一支軍隊到重力控制中樞，空中市準備成為地表殖民地吧！」

「你不會得逞的！」葛拉・姆斯很想啐他一口痰，當他這樣想的時候，大軍後方突然傳來飄浮小車的煞車聲。怪了，議會不是宣布要所有人待在家裡嗎？

高塔這時也被轟出一個大洞。

「抱歉我來晚了！」休旅車造型的飄浮小車裡跳出另一個長相怪異的地表人。

「費多？」馬雷烏斯驚呼一聲。

「對付叛徒花了點時間。」酒保偽裝成的費多小心翼翼地走進軍團。

「那個想跟我們談生意的蠢蛋？」

「是的，那個姓福特的走私客。」酒保快被自己逗笑了，他真是個稱職的演員。

「他不知道自己在跟誰打交道，太小看我們了。」馬雷烏斯拍著他的肩膀說道。「走吧大夥們，準備好武器，費多負責帶領剩下的士兵，要是空中市出擊就負責看好我們的背後！」

「遵命！」酒保拉著葛拉・姆斯身上的繩子回應他，一邊思索要如何帶著這可憐蟲闖進高塔還是乾脆先把這礙事的傢伙宰掉算了。

「你們要是想佔領這兒的話千萬不能破壞天候裝置啊！」葛拉・姆斯想起躲在家中的妻小，他絕望地對眼前的怪異軍團大喊。

「擔心你的同胞受害？你會是很好的奴隸首領，但你的祖先可沒這樣對我們的祖先著想啊。」馬雷烏斯不屑地回應他。

❖ ❖ ❖ ❖ ❖ ❖

「他們攻進來了！」詹姆士緊張地抓住亨利的手臂。

「守住這裡，你知道怎麼用槍對吧？」亨利遞給他那把來自莉亞·罕醉克斯的特大號手銃順便把他推開。

「這個……我不知道要怎麼……」

「跟小手銃一樣但按鈕在側邊，還有別隨便浪費彈藥。」亨利搓了他的頭髮一下便和瑪莉踏出控制室。

「他還滿喜歡你的。」奧莉維亞搓著下巴說道。

「奶奶……」詹姆士不禁翻了個白眼。

瑪莉敏捷地跳下走廊藏身在管線之間，當幾個地表人從下方匆忙經過時便撲了過去。

「這什麼……哇啊——」地表人士兵紛紛慘叫著倒在地上。

「別玩過頭了！」亨利瞄準另一邊的士兵開了幾槍。

「你應該把麻煩都交給我，詹姆士撐不了五分鐘的！」瑪莉拎著一支發出滋滋聲的斷臂回應他。「他們是機械合成的戰士要小心對付！但我總覺得他們裡頭混了個跟我有一樣能力的傢伙，我能感覺到！」

「我知道！」亨利跳下樓在士兵殘骸中尋找能使用的彈藥。

「你是知道他們是生化人還是詹姆士撐不了五分鐘？」瑪莉伸出手指停住朝他們飛來的子彈，那堆直衝而來的金屬製品就這樣飛回原處擊倒一群士兵，看來地表人仍在混用雷射手銃和古代的實體子彈。

「都是，但酒保還沒來的話我不能就這樣扔下妳！」亨利把彈匣塞進口袋時對她大喊。

「福特先生？他又能幫上多少忙？」

「至少他槍法比我好！」他再度射偏，不過至少讓目標哀號著倒下來。

「我還很擔心他窩裡反的說！」瑪莉跳上前扭斷另一個倒楣鬼的脖子。「他只是個該死的走私客！」

「他知道只讓自己活著是不可能的交易，他會為了人類存亡奮戰！」

「聽起來像是武力加強版的詹姆士！」

「詹姆士比他無私多了！」亨利瞄了上方的控制室一眼決定返回那裡。

「你在這我會無法使用最強的攻擊！快上去！」瑪莉一邊毆打地表人士兵一邊對他大吼。

「喂喂喂不准用最強的攻擊！不管那是什麼都不准用！妳可能會把這裡摧毀！」亨利看見一道人影後立即追了過去。

「對齁差點忘記。」瑪莉聳肩回應他，順便把企圖熊抱她的生化士兵打飛。

詹姆士聽見儀表板傳來警報聲，他驚慌地衝過去想找出聲音來源。

「重力控制中樞也被入侵了，空中市難道沒有堪用的軍隊嗎？」奧莉維亞無奈地搖頭。

「有辦法防守嗎？」詹姆士指著地圖上重力控制中樞的位置問道。

「有是有，重力控制中樞配有自衛裝置，類似於引爆整座建築卻不毀損主機本身，但要先想辦法知會裡頭的工作人員不然他們全都會被犧牲。」奧莉維亞指著儀表板上的通訊器按鈕。

「讓他們撤出？但那邊正在被攻擊啊！」

「死命衝出去總比等死好吧？」

「但要怎麼說服他們……等等，天候控制裝置裡的工作人員呢？從我們進來後都沒碰到半個？」詹姆士猛然想起這件事。

「好問題，這裡應該要有個工程師在管理才對，照理說是我同學的兒子。」奧莉維亞不禁皺起眉頭。

「亨利……或是那對罕醉克斯姐弟……該死！他們讓這裡根本早就門戶洞開！不然絕對能好好守住的！」詹姆士惱怒地捶了牆壁一下。

「冷靜點乖孫，現在講什麼都來不及了，快點聯絡重力控制中樞！」

「好好好……」詹姆士看著牆上的通訊錄撥打號碼希望能得到回音。

「我們正遭受攻擊！」通訊器傳出一陣噪音，看來情況相當危急。

「快逃出來！」詹姆士對話筒大喊。「這裡是天候控制裝置，自我防衛系統將在重力控制中樞展開反擊，不撤出的話會受到波及啊！」

「我們只聽從議會的命令！」

「議會已經被攻陷了！」詹姆士快抓狂了。

「你又是誰？報上你的身分！我們不任意聽從指示！」

「我……呃……天候裝置的工程師！」詹姆士暗自咒罵自己的說謊能力。

「抱歉你權限不足！我們要繼續死守這裡！」

「噢該死！你們會死的！」詹姆士對他們大吼。

「讓我來。」奧莉維亞只好駭進通訊系統。「看到我了沒？我是奧莉維亞・帕克。」她顯然佔據了對方的通訊器螢幕。

「這……怎麼可能？」通訊器傳出驚呼。

「我的意識已被植入整座城的系統中，現在將要啟動重力控制中樞的自我防衛裝置，這是議會高層的旨意。」奧莉維亞歪嘴笑著。

「議會高層？」

「是的，快點逃出去不然會被波及喔。」

「是……是的！我們會照做！」

「苟且偷生、畏懼權力，竟然連我這個死人都能隨意騙過他們。」奧莉維亞關掉通訊器後笑了出來。「看到你依然願意為他們戰鬥我真的很感動。」

「雖然他們根本沒藥救到了極點，甚至無知到讓人覺得他們根本就是浪費糧食該被消滅的害蟲，但根本沒人有資格裁決誰應該活下來……我們都沒有資格……」詹姆士愣愣地看著外祖母的影像。「我們隨時都可能犯錯，隨時都會是別人眼中必須被消滅的蛆蟲，但人類不能再這樣下去，不能再繼續犯下相同的錯誤……我們都快滅亡了還有時間憎恨彼此嗎？」

「但不是每個人都像你這麼心胸寬大啊，詹姆士。」奧莉維亞多希望她的手臂能伸出螢幕好好擁抱心思過於縝密的外孫。

「妳已經準備好了嗎？」詹姆士露出微笑。

「當然，不過會讓你失望就是了，我其實早在跟他們通話時就啟動自衛系統了。」奧莉維亞對他無奈地聳肩。「超過三分之二的工作人員會被犧牲，剛才那些死腦筋的大概也來不及逃出去。」

「不……噢，這實在……」詹姆士絕望地看著她。「他們只不過在服從命令！然就這樣被……他們根本什麼都不知道啊！」

「沒辦法，不然會眼睜睜看著地表人屠殺更多居民，他們的目的向來除了報復性地奴役空中市民外沒有別的想法。」

「說對了，女士，我們的確是要來報仇的。」馬雷烏斯出現在控制室外頭。

「該死！」詹姆士連忙舉起手銃。

「你不像幹這種事的料啊！」馬雷烏斯光是舉起手就讓詹姆士直接飄到空中。「你就是亨利那小子說的鑰匙對吧？顯然他任務成功而且還窩裡反了！」

奧莉維亞的影像轉瞬間消失在螢幕裡。

「放開我！」詹姆士痛苦地扭動著，特大號雷射手銃早已變成破銅爛鐵。

「既然已經被你們捷足先登，我就只好用你這把鑰匙做點好事，比方說殺光空中市一半的人口好了，我們不需要這麼多奴隸，動物園也不需要那麼多展示品。」馬雷烏斯伸手一揮將他摔回地板。「動手！」

詹姆士瞥見窗外飛來一道人影。

「我拒絕。」他差點笑出來。

亨利跳上馬雷烏斯的肩膀，兩把手銃抵在他的耳邊。

「你真以為自己是上來建立殖民地的嗎？」亨利扣下扳機。

「那就是地表人？」詹姆士掙扎著從地上爬起來。「他……死了？」

「似乎是。」亨利從馬雷烏斯身上跳下來後隨即慘叫一聲跪下。

「亨利！」

「你以為我這怪物有這麼好對付？」馬雷烏斯站了起來，詹姆士駭然看著從亨利身側流出的鮮血。「背對敵人不像你會犯的錯啊，我的恩人，你在那間實驗室救了我我很感激，但朋友之間不該存在背叛不是嗎？」

「他手上有暗器……」亨利舉起手銃對他開槍，但槍管隨即被馬雷烏斯的詭異力量搶過去。

「我喜歡肉搏戰，你應該要感謝自己能死在這種公平競爭裡。」馬雷烏斯把手銃扔到一旁。

「先把對手打傷一點也不公平。」

「彼此彼此。」他們隨即扭打成一團。

「有個方法能解決他們！」亨利一邊閃躲馬雷烏斯的拳頭一邊對詹姆士大吼。

「你想到什麼方法？」

「把散熱系統尚未冷卻的水放出來！那會讓整座塔充滿燙水！用那個對付外頭的軍團！」

亨利撞上牆壁時幾乎要失去意識。「快點！」

「我試看看！」詹姆士慌亂地在儀表板上尋找按鈕，馬雷烏斯一邊接近他一邊試圖甩開不停攻擊自己的亨利。

「最好別輕舉妄動你這弱雞！」馬雷烏斯吐出一坨血肉啐道。

「找到了！」詹姆士用力巴下按鈕並狼狽地閃開撲向儀表板的地表人，順便抄起剛才掉在地上的手銃對準他們。

「瑪莉就在外面！快跟她逃出去！」亨利依然和馬雷烏斯纏鬥著。

「我不能丟下你！」詹姆士正在猶豫是否要趁亂射擊。

「該死快逃出去！不然就順便把我跟他射死算了！這傢伙鐵定不怕熱水！」亨利終於取得優勢把馬雷烏斯壓制在儀表板上，但這下他也無法脫身了。

「你在胡說什麼？」詹姆士快要尖叫了。

「必須有所犧牲！」

「不不不我一定要救你！」詹姆士扣下扳機打中馬雷烏斯的大腿。

「再不走你會被淹死！」亨利氣惱地對他大吼。「你忘記我一直沒說出殺死你母親的兇手嗎？」

「給我專心點！」馬雷烏斯咆哮著把他壓回地上。

「你現在提這幹嘛？」詹姆士不解地看著他。

「掃羅那懦夫根本沒膽殺人！他當時把暗殺工作交給更低階的貴族，而那殺手的計畫正巧被我發現了！我當時才從地表回來！」

「所以呢？」

「我搶了他的工作！」亨利終於把馬雷烏斯揍到失去意識，順便抄起剛才掉落的手銃在他腦門上狠狠賞了幾槍。

詹姆士瞪大雙眼，槍管幾乎要因為劇烈顫抖而墜落地面。

「你？你……你殺了她？」

「我殺了你的母親，詹姆士，當時全是為了好玩。」亨利走向他，外頭已充滿冷卻水溢出所產生的蒸汽，他握住詹姆士的手將槍管對準胸口。「我後來才發現自己殺死的是奧莉維亞的女兒，我已經無法彌補當時犯下的過錯，這就是我找上你最主要的原因。」

「不……這不可能……這一切都是你……」

「我違背自己堅守的信條，我就是那個墮落到與邊緣者無異的貴族……我沒有資格活著。」他露出悲傷的笑容。

詹姆士茫然看著他。

馬雷烏斯的手指抽動一下，幾根短箭從袖口緩緩滑出。

十七、犧牲

馬雷烏斯的手指抽動一下，幾根短箭從袖口緩緩滑出。

「小心！」詹姆士把亨利推到一旁後隨即倒在地上。

亨利錯愕地看著眼前景象。

「蠢貨。」馬雷烏斯站了起來，頭上的傷口正在緩慢癒合。「竟然有這麼蠢的人。」他不屑地看著正在流血的詹姆士。

「你找死嗎？」亨利怒吼著撲上他。

「要死的人是你！你這叛徒不管到哪永遠都是叛徒！」馬雷烏斯再次把他往牆上摔。「他想拯救弒母兇手？真是蠢斃了！人類簡直無可救藥！」

「那你在這浪費時間揍我的原因又是什麼？」亨利狼狽地咳出血水。

「你這叛徒值得我浪費時間！死吧！」馬雷烏斯重重賞了他一拳。

「你以為空中市已經落入地表人手中嗎？看看外頭！你的人馬真能拿下這裡？我看你們才是最蠢最沒搞清楚狀況的人吧！」他滾到門邊抄起手銃。

「別小看我的戰士！」馬雷烏斯也掏出手銃對準他，卻突然表情扭曲地爆出哀嚎。

「詹姆士！」亨利幾乎要流下眼淚。

「不能這樣……一定要阻止他……」詹姆士看著沾滿血汙的雙手，珂蕾特的匕首已經沒入馬雷烏斯的背脊，火花不斷從破損的管線中噴出。

馬雷烏斯轟然一聲跪倒在地，他想舉起手再度射出短箭，但四肢卻已不聽使喚。

「唔……你把他的電子脊柱給毀了。」亨利愣愣地看著詹姆士。

「我不知道……我……」詹姆士無力地摔回地上，亨利連忙跳過身形龐大的地表人跑到他身旁。

「撐著點！」亨利手忙腳亂地脫下外套想為他止血，滾燙的熱水已經越過門檻漫到他們腳邊。

「他們輸了嗎？」詹姆士虛弱地看著他。

「我不知道……外面現在到底怎樣我也不清楚啊……」亨利拎起他準備從控制室跳下，但瑪莉卻突然出現在他們面前。

「天啊他怎麼了？」瑪莉指著詹姆士大叫然後隨即發現跪在儀表板前的馬雷烏斯。「等一下，那是實驗品0號對吧？」

「妳終於發現了？」

「我還在想怎麼會有跟我一樣的人混在裡頭。」瑪莉推開他逕自往馬雷烏斯的方向走去。

「妳在幹嘛？快走啊！」他感覺自己也快要失血過多。

「你們先走！我有事要跟他了結！」

「瑪莉！」

瑪莉不耐煩地揮手將他們瞬間變到樓下一座快被淹沒的儀器上方。

「這一點幫助也沒有！」亨利惱怒地閃躲逐漸逼近的燙水。

生化士兵在水中載浮載沉發出哀號，看來地表人沒意識到防水功能的重要性，但他此時也快要滅頂在滾燙的熱水中，他絕望地看著陷入昏迷的詹姆士。

「我很抱歉……我真的很抱歉……」他像個走失的小孩頹坐在地，任由濕熱感滲入衣物直到皮膚發痛，就算身旁的牆壁被鑿穿一個大洞都毫無反應。

「你他媽在發什麼呆！亨利！亨利・德加斯！」酒保從洞外探頭進來，他的肩膀和大腿都受了傷，看來偽裝終於失效了。「噢幹該死你把他宰了？」

「……你怎麼在這？」亨利這才突然回神。

「當然是來救你們！」酒保連忙把他們拖出高塔外。「他是死了還怎樣？還有瑪莉那傢伙呢？」

「我不知道……我實在不懂……」

「喂喂振作點！下面已經打成一團我們該怎麼辦啦？」他只好賞亨利一巴掌讓他稍微清醒點。

「地表人已不可能拿下這裡，但我們留在這兒的話一切都將會被揭發。」亨利終於抬頭看著他。

「不，那些怪物還是很有希望，下面現在變成空中市僅存的武力和那堆怪物打成一團，說真的我們的軍隊怎麼會爛成這樣？然後祕密武器就在上頭，你覺得該在這時反擊嗎？」酒保指著朝他們飛來的飄浮小車說道，裡面坐著正在死命掙扎的葛拉・姆斯。

「把他們從天候裝置引開……還有空中市根本沒有軍隊可言好嗎？」亨利艱難地跳上漂浮小車。

「這不是該對我說的話吧？」酒保先生，或是前空中市武裝防衛隊指揮官班傑明・福特對他抱怨道。

「議會搞垮了軍隊，要怪就怪他們。」亨利白了他一眼。

「但奧莉維亞的孫子怎麼辦？他一副要死不活的樣子。」班傑明・福特不安地看著詹姆士。「後座有急救箱，我不確定裡頭的人工血漿夠不夠用，況且這台車等一下是不能坐人的。」

「我找看看……」亨利把葛拉・姆斯一腳踢到前座，他瘋狂翻找後座下方的急救箱並掏出幾包人工血漿和注射器。「暫時夠用，還有瑪莉說她在地表參觀武器測試時被狠狠嚇了一跳，你確定天候裝置不會在反擊中受到影響嗎？這麼近的距離？」

「這我不敢保證，但總得解決那堆怪物吧？」班傑明・福特瞄了地面一眼不禁無奈地搖頭。「要輸光了真是丟臉！」

「飛下去擾亂他們！」
「是是是，恭敬不如從命……殿下。」
「我說過別這樣叫我！」亨利瞪了他一眼。

❖ ❖ ❖ ❖ ❖ ❖

「你真愚蠢。」瑪莉在馬雷烏斯身旁踱步。
「要不是那個窩裡反的……」馬雷烏斯痛苦地吐出句子。
「所以我才說你很蠢，親愛的老友。」瑪莉蹲下身戳著他的大鼻子。「所有人。地表的好戰派、議會和那些倒楣的密探，還有復古派貴族，你們全都被議會高層擺了一道。」
「什麼意思？」馬雷烏斯皺起眉頭。
「他愛我，他無法對我說謊。」瑪莉盤腿坐在他面前。
「他？亨利？」
「是啊，但我也許永遠都無法融入這裡，我是這麼認為啦，人類向來改不掉歧視非我族類的壞習慣。」瑪莉舉起雙手讓馬雷烏斯飄了起來，破損的管線奇蹟般地接合回去。
「妳想怎麼做？我的大軍正在等待指揮。」馬雷烏斯搓揉痠痛的手臂問道。
「你的大軍只剩不到一半，重力控制中樞那邊的軍團已經被殲滅了，我剛才溜出去時聽見的。我的建議是撤退，否則我偷渡上來的東西很可能會不小心摧毀一切。」

「啥？妳該不會偷了那個實驗品？」馬雷烏斯的下巴快掉下來了。

「嗯哼，費多根本不知道自己運了什麼上來，他以為那只是炸藥。」

「噢該死……」馬雷烏斯想起費多之前似乎在打包一台像休旅車的東西。

「亨利他們要是啟動那東西的話空中市會完蛋的，他們並不知道那東西的危險性。」

「等等，妳男友該不會正坐在那東西上面？」

「沒錯，但那並不是我們的目的，摧毀空中市對所有人都沒有好處。」

「我倒不想同情那堆愚蠢的原始人……」

「聽著，馬雷烏斯，我知道你憎恨那些改造你的人類，我也同樣無法原諒他們，他們對我做過相同的事，但地表與空中市繼續試圖消滅對方是沒有意義的。」瑪莉走向儀表板，奧莉維亞・帕克再度出現在螢幕裡。「毀滅……重生，議會高層的目的你看不出來嗎？空中市只不過是個自我消耗的龐大負擔，它一直都不是人類存活的最終解答，我們終究必須彼此合作。」

「因為地表人都變成壽命短暫的稀有動物所以需要空中市民的優良基因嗎？」

「我們都必須拯救自己。」瑪莉白了他一眼順邊跟奧莉維亞打聲招呼。

「看來我孫子還活著？」奧莉維亞掃視四周後問道。

「亨利帶他逃出去了，但萬一他們啟動來自地表的武器將會引發災難，空中市很可能被摧毀，就連地表都會受到波及。」瑪莉不放心地瞄著外頭然後聽見一聲巨響。「可能在幾分鐘後就會發生。」

「我只能盡力維持這座城的運作，其他也無法可助。」奧莉維亞不快地回應她。

瑪莉看了她和馬雷烏斯後嘆了口氣。

「為何一小撮人的家務事可以搞成這樣啊……」她無奈地低語。

❖ ❖ ❖ ❖ ❖ ❖

貴族居住區上方突然傳來漂浮小車加速時的尖銳噪音。

「快到城市邊緣了！」酒保對車上所有人大吼。「現在該怎麼辦？跳出去然後引爆武器嗎？」

「廢話！快點準備！」亨利一邊拆掉葛拉・姆斯身上的繩子一邊對他吼回去，漂浮小車後頭現在緊跟著僅存的地表人和武裝防衛隊。多虧惡名昭彰的走私客兼頭號通緝犯班傑明・福特，他剛才飛到混亂中搖下車窗對眾人嗆聲，現在兩方都把他們當成攻擊目標了。

「噢……到底怎麼了？」詹姆士終於睜開眼睛。

「天啊你終於醒了！」酒保驚訝地叫著。

「我們要被彈出車子，把逃生裝備穿上去。」亨利塞給他一個白色背包，裡頭藏了降落傘和一些緊急用品。

「彈出車子？」詹姆士又感到頭暈了。

「快點穿不要發愣！」

「你剛才說的是真的嗎？你殺死我母親這件事？」詹姆士一邊將自己塞進逃生裝備一邊看著他。

「對，所以我會留在這兒一起被炸掉。」亨利不捨地搓了他的頭髮一下。

「別開玩笑了，亨利，我不會讓你這麼做！」詹姆士揪住他的領子。

「你要選擇原諒我？別鬧了你是哪裡來的聖人啊？」

「不要打情罵俏！」酒保終於受不了從亨利的頭頂敲下去。「我要按下去了！」當他按下開關將所有人彈出時，他將右手放在耳邊對亨利敬了個舉手禮。

「班傑明！」被詹姆士緊緊抓住的亨利只能尖叫著看著漂浮小車離他們越來越遠。

「但願你能好好活著……帶領所有人……」班傑明・福特看著儀表板上的警告標語笑著，在漂浮小車撞上玻璃般澄澈的保護層時啟動藏身在這台車裡的祕密武器。

十八、光霧

他們只能眼睜睜看著火光從保護層迸出化為橘紅色光點，一團閃閃發亮的煙霧從火焰中逐漸擴散。

緊追後頭的軍團來不及停下飛行器，撞上煙霧時紛紛化為粉末消失在空氣中。

詹姆士緊抓著亨利朝一棟高級公寓的屋頂墜落，背上降落傘在接觸地面前變成巨大的氣球將他們包進裡頭，也順便把正在哀號的葛拉・姆斯給一併裝了進去。

「我的竟然沒打開……」葛拉・姆斯掏出手帕擦拭濕漉漉的額頭。

「你還好吧？」亨利連忙從詹姆士身上跳下來。

「我不知道……好像有哪裡摔斷了……」詹姆士掙扎著想從氣球爬出卻被用力拖回來。

「別隨便衝出去！」亨利感覺眼角傳來一股濕意，他花了好幾秒才確定自己正在流淚。

他還記得童年時期那個站在議會高層窩居的高塔外意氣風發的士兵，那個不畏懼權勢和他成為朋友的士兵，那個教他射擊的士兵，那個藏了滿肚子地表傳說的士兵，那個會為了同袍不惜讓自己成為罪犯的士兵。

他已經永遠失去那個士兵。

「但我們很可能會被波及！」詹姆士轉過頭後驚訝地看著他。「你……哭了？」

「當作沒看見。」亨利一邊抓著他一邊打開逃生裝備裡的備用通訊器，上頭浮出他們所在位置附近的地圖，許多紅色小點正直衝而來，但更令人害怕的是一團正在擴大中的不明物體。

「那些是什麼？」葛拉・姆斯露出畏懼的神情。

「紅色小點是兩方軍隊，至於那坨東西就不得而知了，恐怕會相當棘手。」亨利按下氣球內部的一個按鈕讓白色的外層瞬間轉為透明。

「我們會被發現吧！」詹姆士頓時倒抽口氣。

「不會，只有裡頭看得見外面……但那到底是什麼……」亨利不解地看著那團發光的煙霧。「你們看！」他指著保護層的方向。

玻璃般清澈的保護層正逐漸消失。

「這下糟糕了！」葛拉・姆斯快要暈倒了。

「那團煙霧有腐蝕性對吧！」

「顯然，這下得快點逃跑……」亨利看著兩個傷兵直皺眉頭。

一陣巨響從氣球上頭傳來，他們連忙抬起頭看著降落在氣球上的巨大黑影。

「被發現了！」詹姆士指著生化士兵大叫，但那個準備破壞氣球的傢伙卻馬上被另一道黑影踹到一旁摔下大樓。

戴著紅色護目鏡的馬雷烏斯一臉不爽地瞪著他們。

「你這傢伙！」亨利拔出手銃對準他。

「住手！」馬雷烏斯揮手將氣球拆開並閃過幾發射擊。

「你到底想幹嘛？」

「當然是救你們！那東西會毀了空中市！」馬雷烏斯把尖叫中的葛拉・姆斯拎出來。「瑪莉那傢伙也真是的！她竟然把還在實驗中的東西偷出來，現在事情非常大條，甚至連地表都可能受到牽連啊！」

「那東西到底是什麼？她只告訴我那是炸彈啊！」亨利拉著詹姆士跳出氣球殘骸時對他怒吼。

「該死！那東西測試時看起來的確很像炸彈，但其實就跟我們一樣是合成生物而且還會吞噬各種接觸到的物質！」馬雷烏斯指著那團煙霧。

「噢很好，我們還剩多少時間？」亨利不禁翻了個白眼。

「天曉得！總之我現在得跟你們站在同個陣線，瑪莉等會兒就趕過來！」馬雷烏斯伸手揍飛幾隻生化士兵，那團煙霧正緩慢地朝他們逼近毫無停止跡象。

「為何？你不是想拿下這裡嗎？」詹姆士不解地看著他。

「問你旁邊那個虎視眈眈的傢伙吧，我也是受害者。」馬雷烏斯用鼻子指了指亨利。

「別跟我說這都是議會高層的傑作！」詹姆士看著遠處升起的高牆感到相當絕望，這下貴族居住區將會逐漸暴露在大氣中，看來就連奧莉維亞也要犧牲他了。

「毀滅與重生……這才是議會高層的真正目的，但空中市將因此損失大量人口。」亨利輕描淡寫地回應。

「該死！你們這群冷血殺人魔！」詹姆士揪住他的領子。

「不然你以為我們的祖先是怎麼逃離地表的？我們都是犧牲數以億計同類來拯救自己的殺人魔後代！」他露出冷笑。

「噢……我早該把你留在那台該死的車上！我真想宰了你！」

「動手啊！這條命老早就是你的！」

「亨利！」

「夠了你們兩個！」馬雷烏斯快要抓狂了。「看看那些可悲的軍隊！大家都要完了你們竟然還有心情吵架！」

「呃……各位……我吸不到氣……」葛拉・姆斯痛苦地捏著脖子。

「是的，我們會被這裡的空氣殺死，真是有夠諷刺。」馬雷烏斯也感到呼吸逐漸困難。

發亮煙霧距離他們只剩不到半公里。

一抹亮橘色從空中迸出，瑪莉・托奈特正飄浮在煙霧面前。

煙霧彷彿受傷的野獸發出咆哮。

「打開防護罩，馬雷烏斯！」瑪莉對他們大喊。

「我不確定這能撐多久！」他無奈地張開雙手，紫色光束從掌心竄出並不斷擴大直到包覆身旁所有人。

「看看你們搞出來的大麻煩！」瑪莉抬頭對空氣怒吼彷彿有人架設看不見的鏡頭正在窺視。「如果這就是你們的目的，那你們簡直比貴族還該死！你們才是空中市真正的敵人！不，是所有生物真正的敵人！」她也張開雙手面對那團撲向她的巨大發亮煙霧。

當他們衝撞彼此時，空氣中傳來不詳的低鳴，接著是劇烈的爆炸與讓人盲目的強光。

「抓緊了各位，等一下會有點顛簸！」馬雷烏斯語帶諷刺地說道，隨即和所有人一起被爆炸時的衝擊波震飛。

那團發光的煙霧在爆炸中哀嚎著，形體逐漸碎裂飄出破損的保護層。

緩緩散去的濃煙裡閃爍一道橘紅色光芒並隨即消逝。

❖ ❖ ❖ ❖ ❖ ❖

當詹姆士再度甦醒時發現四周一片黑暗，只有在不遠處抖動著的火光照亮斗室一角。

然而他隨即發現自己並非身處斗室而是躺在一片布幔之下。

「住過帳篷嗎？」亨利的聲音從外頭傳來。

「我甚至不知道那是什麼……」他痛苦地揉著太陽穴。「我們還活著？」

「是啊，簡直奇蹟，但議會高層暫時不想結束貴族居住區的隔離狀態，我們恐怕會成為這裡少數的倖存者。」亨利爬進帳篷坐在他身旁。

「為何我們沒有因為缺氧和壓力驟變而死？」詹姆士瞇起眼想看清楚對方，那副金屬框眼鏡早已不知去向。

「這得感謝馬雷烏斯，他變出一個小小的防護罩蓋住這附近，目前身受重傷的他能做的也只有這樣了。」亨利伸手抹去他臉上的血漬。

「那……瑪莉呢？」

「她……我……」亨利低下頭陷入沉默。

「噢……我很遺憾。」詹姆士握住他的雙手撫著，但隨即感到頭頂傳來一陣悶痛。

「遺憾什麼啦！」瑪莉憑空冒了出來。

「瑪莉？」詹姆士的下巴快掉下來了。

「我好像不小心吸收那坨東西的力量，這讓我變得更能隨處移動。」她轉瞬間出現在亨利腿上。「不過我跟馬雷烏斯得趕回地表，那裡鐵定亂成一團，必須借助我們的力量重新整頓。」

「我實在不想與妳分離。」亨利不捨地撫著她的臉頰。

「我們會再見面的，我的王子……這聽起來有夠肉麻。」瑪莉揪住他的領子吻上去，這讓詹姆士目不轉睛地看著陷入深吻的兩人。

「我也必須恢復空中市的秩序。有太多傷患要搶救，有太多死亡需要哀悼，我已無法繼續逃避責任。」亨利在她唇邊嘆息。

「你的確有很多麻煩的責任要擔當啊，親愛的。」

「你們到底在說些什麼？」詹姆士快要放棄思考了。

「亨利已經從這場浩劫中繼承議會高層的領導大任，他將成為空中市那位藏身重重幕後的統治者。」瑪莉語帶歉意地向他說明。「這些傷痛，詹姆士。你遭受的所有傷痛亨利一定會全數還清，但他現在需要你。」

「但我又能幫上什麼忙？」詹姆士茫然看著他們。

「你會是我最重要的副手，你將成為恢復空中市秩序的過程中連結貴族與工作聖者的橋樑，甚至消除長久以來的階級問題。」亨利轉為嚴肅地看著他。「我們能改變這一切。」

「這需要時間……不可能馬上就……」

「當然，但你願意嗎？」

「我……」

「我的生命早已交付予你，詹姆士，但我無法現在就死去。」

「我願意，亨利，我已經收下你的性命。」詹姆士無法解釋自己的決定，他無法解釋自己是基於愛還是恨才決定這麼做，他只能相信自己是為了所有人，就算明日被眾人背棄也毫無悔恨。「而這裡……是我們的家。」他伸出手。

「謝謝你。」亨利握住他的手，掌心傳來的溫度讓他幾乎要再次落淚。

他還活著。
人類仍然活著。

十九、救贖

（兩百年後）

歲月幾乎從未在差點遭到毀滅的空中市留下痕跡。

天際線大學再度擠滿一臉青澀的新生，這個情景讓統御學系主任詹姆士・布朗感到熟悉但又充滿說不出的感慨。

他的身旁跟著瑪莉與亨利的兒子班傑明，這傢伙最近才願意放下工作來學校讀書，恐怕會變成這屆最老的新生。

他想起那段早已塵封記憶中的過去。

「你大可把書本都交給我，老師。」班傑明伸手一揮讓那幾本磚頭般的厚書飄起來。

「我喜歡自己拿，別像你父親一樣總是自作主張。」詹姆士推了推鼻樑上的金屬框眼鏡。

「你越來越像亨利了。」

「感謝你的讚美。」

「我不是在讚美你，親愛的班傑明。」他無奈地笑著。

他想起那場災難結束後初次見到班傑明的情景，那是他才剛回到學校擔任助理教授時的事情。某天深夜，早已成為空中市幕後統治者的亨利突然出現在詹姆士家的陽臺，懷裡揣著一個灰色大布包，神祕兮兮溜進他的書房要他關掉所有監視器，隨後把大布包交給他便消失無蹤。

大布包裡的驚喜讓詹姆士嚇得隔天一早就闖進議會高層窩居的白色高塔，還差點跟門口守衛打起來，因為「陛下」[12]和他的議政時間還沒到不能隨意進出，即使人們相信空中市的實際統治者和他那位出身工作聖者的副手是對從未公開的戀人。

「他們無法接受這個孩子。」亨利從布幔後頭走出。

「瑪莉呢？她到底去哪了？」詹姆士壓低音量以免驚醒熟睡中的嬰兒。

「她厭惡這個虛假的地方所以選擇回到地表。」亨利瞄了他懷中的嬰兒一眼。「議會高層的環境會讓這孩子變成一個和我一樣冷漠無情的人，我希望你能幫助他，幫助他成為稱職的領袖。」

「幫助？你要我替你們養大這個小孩？」

「算我求你。」

「不……你不需要求我，但我無法保證能幫助他……成為你期望的人。」詹姆士嘆口氣走向他。

「我相信你，詹姆士，就像我們所有的合作一樣。」亨利依然很喜歡搓揉他的頭髮。

12 這是個只存在議會高層和武裝防衛隊口中的詞彙，空中市民如今相當厭惡這個稱呼，尤其工作聖者更是如此。

詹姆士不知該如何回應。

他就這樣擔任起班傑明的撫養者，在空中市民口中成為出生貧苦的帝王之師，而貴族對這件事則感到相當不滿，因為這讓工作聖者得意了好一陣子。不過說到麻煩的階級問題，貴族其實早在那場浩劫後就失去大半勢力，議會裡現在坐滿奪回投票權、滿臉意氣風發並且脫離勞務的工作聖者們準備改造這座充滿虛偽與壓迫的都市。

然而他們老早忘了我本來就是貴族，只是曾經失去一切而已。詹姆士踏進教室時這麼想著，但隨即被一陣喧鬧拉回現實。

「又是那群惹人厭的工作聖者。」班傑明低聲咒罵著順便撥掉講桌上一張印了「假智者真王朝」的傳單。

「別這麼說，他們只是在關心社會而已。」詹姆士拿起傳單仔細閱讀。

「我贊同他們想廢除階級不平等的論調，但不包括這種方式！」班傑明指著傳單上沾滿血跡的斷頭臺插圖，劊子手高舉一顆戴著王冠的腦袋，末端還畫著像隻妖魔鬼怪般的瑪莉・托奈特正在咀嚼嬰兒屍塊。「這些沒水準的野蠻人只會摧毀他們不懂的東西，他們只想報仇而不是改變！沒有文化基礎的改革只會造成更多災難！」

「你忘記我教你的那些嗎？」詹姆士皺起眉頭，班傑明馬上閉上嘴不敢再說半句話。

「我很抱歉，老師，我太激動了，但他們連最基本的尊重都……」

「欸眼鏡仔！你跟你的雜種孌童要聊到什麼時候！」講臺下突然爆出一陣噓聲，詹姆士連忙抬起頭尋找辱罵的來源。這實在太過家常便飯了，但沒想到有越來越激烈的趨勢。

「我們不歡迎巴結貴族的骯髒教授！」另一個聲音伴隨飛上講臺的鞋子冒了出來。

「復古派的四眼田雞！」看來還是有不少人無法接受他鼻樑上的老古董。

「數典忘祖的擦鞋人！小跟班！」整間教室陷入哄堂大笑。

班傑明憤怒地撲向一個正在大笑的學生和他扭打起來，幾個人痛苦地飄到天花板上。更多傳單如雪花般飄散，詹姆士幾乎要產生那些紙張上的插圖是真實的錯覺。

他幾乎要看見一片血海。

「我們永遠也無法阻止殺戮重複發生嗎？」他懊惱地摀住臉。

❖ ❖ ❖ ❖ ❖

「你就這樣放任他們撒野？」班傑明用力敲了餐桌一下。他們又在那間只有議會高層才能使用的專屬食堂裡用餐，而詹姆士又是因為同樣的原因而有機會坐在裡頭看著他直嘆氣。

「他們有權利這麼做。」詹姆士看著窗外熙熙攘攘的人潮回應道。

「這跟你教我的完全不同，老師，你無論如何都不希望流血衝突再度發生，但現在這些重新取得政權的工作聖者想要的根本就是把原本壓迫他們的人斬草除根啊！」

「這只是個過渡期，人們不會像你說的一樣都期待暴力。」

「問題的根源……出在議會高層。」班傑明頹喪地低下頭。「貴族中的貴族，有權力製造貴族的人就是我們，如果議會高層的權威消失，使貴族制度走向歷史，人們也許就不會為了社會晉升而彼此踐踏。議會高層必須主動結束統治將政權歸還給所有人，否則衝突只會不斷上演，也許有一天人們將會再度高喊國王必須死去！」

「但議會高層對於維持空中市的運作仍無可抹煞，倘若議會高層的統治瞬間終結，社會將可能陷入一片混亂……甚至產生新的極權政府。」

「你想到了什麼，老師？法國大革命？俄羅斯革命？殺死暴君只會產生下一個永遠沒完沒了？」班傑明歪嘴笑著。

「是的，我是這麼想，我只希望當你繼承亨利的位子時能改變這一切。」詹姆士放下叉子看著他。「我們這一代能做的都已經做了，你們……是空中市，甚至是人類這個物種未來的希望。」

「因為我們之中有許多空中市和地表愛的結晶嗎？人們依然歧視我們這些雜種。」班傑明讓他的叉子飄浮起來。

「那就是你的使命了，班傑明，你們將能讓空中市與地表的合作更加強大。」

「別說得你跟老爸像要馬上退休躲去哪裡養老一樣。」

與班傑明暫別後，詹姆士拎著那幾本磚塊準備回家休息，那個原本屬於工作聖者居住的老街區早已成為精華地段，就連倖存的貴族也搶著搬進來，至於遭到嚴重破壞的貴族居住區則成了悲慘的貧民窟，就連長年窩居下水道的邊緣者也不願搬進那裡。

絲毫沒受到波及也從未改變的恐怕只有議會高層窩居的那座高塔，詹姆士好奇那座高塔在億萬年後是否將取代人類成為地球最後可見的文明殘骸。

他漫不經心地思考午餐時的對話，直到聽見爭吵聲從街角傳來才抬起頭觀望四周，發現有個擦鞋人正在被一群年輕人毆打。

「住手！你們在做什麼？」他急忙衝向前制止這場混亂。

「閃邊去！我們可是工作聖者！」身穿藍色上衣的年輕人把他用力推開，注意到詹姆士鼻樑上的金屬框眼鏡時不禁倒抽一口氣。「大人……布朗大人……我很抱歉！」顯然整座空中市只有這位布朗大人會明目張膽地戴著眼鏡出門。

「你們本來是做什麼工作的？」詹姆士和顏悅色地看著他們。

「呃……其實我也是擦鞋子出身的……」氣焰囂張的小夥子臉紅起來。

「我父母是園丁。」另一個年輕人也不好意思地開口。

「我本來是收垃圾的……」

「那你們為何要這樣對待他？我們不都曾是飽受壓迫的工作聖者嗎？互相傷害是不對的，我們應該要幫助彼此。」詹姆士指著地上一臉狼狽的擦鞋人，突然覺得這個可憐蟲有點眼熟，像極了以前曾經見過的一個人。

「這傢伙是沒落貴族啊，你看他身上的衣服顏色，丟臉死了還敢穿出來！」原本也是擦鞋人的年輕人不屑地指著縮在地上的可憐蟲，破爛的外套下似乎藏著褪色的紫色長袍。「藍衣是好的，紫袍是壞的！[13]我們已經是空中市的統治者，壞貴族要為他們做過的事情付出代價！」

「那麼從沒傷害你們的貴族呢？」

「他們白白享受我們的血汗數千年，現在是活該受到報應。您是我們偉大的精神領袖，就讓那些整天遊手好閒的寄生蟲知道我們的厲害吧！」

「別這麼說，我只不過是不具名份的諮詢師罷了。議會才是你們的舞臺，你們要努力進入那裡成為改革社會的力量。」

「議會軟弱的要命，我們這些真正繼承工作聖者精神的人民總有一天會要他們好看！」那群年輕人大笑一陣後揚長而去。

詹姆士蹲下身扶起擦鞋人，這個全身灰塵散發皮革味的可憐蟲快要哭出來了。

「我不知該如何感謝您的大恩大德……」他顫抖地握住詹姆士的雙手。

「不用謝我，這是我該做的事，但我方便請教你的大名嗎？」詹姆士露出友善的微笑。

「我……我是吉拉德……」

「吉拉德什麼？」

「吉拉德……姆斯……我是葛拉‧姆斯的孫子。」

13 改自喬治‧歐威爾（George Orwell, 1903-1950）的小說《動物農莊》（*Animal Farm*, 1945）中「四隻腳是好的，兩隻腳是壞的」（Four legs good, two legs bad.）這句話

詹姆士頓時感到頭暈目眩。

他想起班傑明剛才說的話，但議會高層的權威若是消失甚至消除階級本身，人們就不會為了活著而彼此踐踏嗎？

所以國王終究必須死去？

❖ ❖ ❖ ❖ ❖ ❖

亨利・德加斯坐在書桌前讀著螢幕上的公文，當他聽見房門打開的噴氣聲時露出愉快的笑容。

「你來晚了。」他起身走向一臉疲倦的詹姆士。

「被街頭小衝突耽擱，我遇到葛拉・姆斯的孫子，他竟然淪落到街上擦鞋。」

「那老頭被鬥倒後抑鬱而終，倖存下來的子孫也沒一個成材，這恐怕是命運吧……對了，班傑明在學校過得如何？」

「噢，他適應良好，會記得自己換尿布，還跟其他小朋友玩在一起交了不少新朋友。」詹姆士語帶譏諷地回應他。

「他沒殺掉任何人吧？」他無奈地搔頭。

「幸好沒有。」

「到外頭坐坐，我已經忙了整天需要休息一下。」他指了指客廳的方向。

他們沉默地看著落地窗外的夜景，酒杯裡的冰塊逐漸消逝在琥珀色液體中。

亨利遲疑一陣後決定打破沉默。

「中央系統，請為我撥放那首歌。」他對牆上一個關閉的螢幕說道，螢幕隨即浮出奧莉維亞的笑臉。

「那首有玫瑰有謀殺的歌？」奧莉維亞愉快地看著他們。

「沒錯。」他逕自走向落地窗邊隨著音樂轉圈。

「你似乎有話要說。」詹姆士狐疑地看著他。

「瑪莉死了。」

「什麼？什麼時候？」

「幾天前，我叫班傑明先不要告訴你。」

「為何……她怎麼就這樣……」詹姆士哽咽起來。

「地表人雖然強悍但壽命比我們有限，而面對死亡時，每個生命都同樣脆弱。」亨利看著落地窗裡的倒影回應道。「她在馬雷烏斯懷裡嚥下最後一口氣，我親眼從通訊器上看見的。她說……她仍然愛我。」

「……我很遺憾。」詹姆士無法阻止淚水不斷流下，他不記得上次哭泣是什麼時候了。

「我已經失去活著的意義，詹姆士，我被賦予的任務已經完結。空中市需要新的開始，我們早已成為上一代的陳跡。」亨利走向他。

「我能體會，但議會高層統治的結束不能是猝然而暴力的，這會讓空中市再度陷入無止境的殺戮。」詹姆士握住他的手撫著。

「我花了兩百年剷除議會高層裡的其他勢力，為了就是讓人們有辦法在這片廢墟中重新站起來並走出專制暴政的陰影，而我……就是最後一個要被除掉的人。為了空中市，國王必須死去。」亨利抽出手擦拭他臉頰上的淚水。

「你依然相信那個承諾？」

「是的，我的性命早已交付予你。」他認真凝視著詹姆士。

「我做不到，我怎麼可能親手殺死你？」

「你做得到，我的朋友，我相信你。」他看了奧莉維亞一眼並吩咐她關上螢幕，音樂仍在繼續撥放著。「你早就把匕首藏在袍子裡了不是嗎？是什麼讓你下定決心？」

「這是為了班傑明，為了空中市，我必須這麼做。」詹姆士拿出那把紫色刀柄的匕首，上面的市徽沒被抹除。

這不是為了母親，不能為了復仇而殺人。我不能……他痛苦地想著。

「這是你的嗎？我以為你會一直拒領議會頒給你的東西。」亨利看著閃閃發亮的刀鋒笑著。

「我只領了這東西和長袍而已，禮節需求，但校園並不歡迎這件紫色長袍。」詹姆士小心地把玩匕首。

「班傑明等會兒會過來，我們最好快一點。」亨利走回沙發坐下，詹姆士猶豫幾秒後也坐上沙發看著他。

「你曾跟我說過親手殺死人的感覺，雖然我曾經為了救人而動手，但那時根本毫無意識做了那種事。」詹姆士驚訝地發現自己並沒有因此而劇烈顫抖。

「利刃進入骨肉時的黏稠阻力，血液流出時的溫度，窒息般的呻吟，你能完全感受生命緩慢流逝的痛苦。」亨利覆述過去對詹姆士說過的話。「這就是我這個偽君子最後的願望，我任性地希望你能成全我。」

「如果這世界存在地獄，我們會再見面的。你、我，還有瑪莉，我很快就會加入你們。」詹姆士緊抱他不放，右手握住的刀柄已經沒入亨利的長袍之中。

「我很期待！」亨利感到胸口傳來一陣劇痛，但他依然保持那抹狡猾的笑容。「我最最親愛的朋友……」閉上眼之前他感覺額頭傳來一陣暖意。

當班傑明走進客廳時，他簡直無法相信眼前的景象。

「這……這是怎麼回事？」他掏出手銃看著渾身是血的詹姆士。

「這是你父親的選擇。你母親的死讓他失去生存意志，因此向我請求幫助。」詹姆士轉頭看了亨利尚未冷卻的屍體一眼。

「不……這不可能……我父親不可能這麼做！」他舉槍對準露出悲傷微笑的詹姆士卻隨即瞪大雙眼。「等等，我懂了，你老早就計畫這麼做！殺死統治者就是你的目的！你這個老奸巨猾的叛徒！」他像是被打了好幾巴掌般滿臉通紅，無法接受撫養自己長大的恩師竟是那些暴徒的一份子。

「不是這樣的，班傑明，這從來不是我……甚至是他的意圖。」

「不！我不相信！」

「我無權說服你相信這件事。」

「我恨你！你這個騙子！」班傑明扣下扳機。

當詹姆士倒地時，牆上螢幕再度亮了起來，一段影片在班傑明眼前開始撥放，那是年輕時的瑪莉、亨利和詹姆士三人坐在天候系統裡拍下的。

「快點啦大博士！我等一下還要溜回地表！」瑪莉推了正在設定攝影機的詹姆士一把然後爆出愉快的笑聲。

「好好好我快弄好了！」詹姆士瞇起眼按下開關，他看起來開心得不得了。

「好了嗎？可以開始了嗎？」亨利在一旁揮了揮手。「喔嗨，聽著，班傑明，當你看到這支影片時我們可能都已不在人世，這是我們留給你最後的遺產，希望你將來能夠找到自己的方向。」

班傑明絕望地看著他們。

「或許你已經知道自己名字的緣由，人們不會記得福特先生的英勇事蹟，但你將背負他的勇氣。」亨利難得認真地繼續對鏡頭說道。

「還有我們真正為空中市做過的所有事情。我們從來都不是英雄，別被全然無知的人們給騙了。」瑪莉挨在他身旁笑著。

「你能在我的親筆記錄中找到真相，關於空中市的那場浩劫，我們都犯下了錯誤，也為了彌補錯誤而不停戰鬥。」詹姆士從口袋掏出一本筆記。

「有一天你會找到這本小書，我會把它藏在我的書桌底下，密碼就是你的名字。」亨利搶過那本筆記揮舞著。「還有什麼要補充的嗎，詹姆士？」他親暱地搓著詹姆士的頭髮。

「應該沒有，你要開始說我們的故事了嗎？」

「好喔，那我就要開始了……在那場災難發生的數年前，我從地表回到空中市，當時我殺死了詹姆士的母親……」

班傑明放下手銃，小心翼翼避開地上血跡走進亨利的書房，最後在書桌下的密碼櫃裡找到那本泛黃的筆記，上面果然留有詹姆士秀氣的筆跡。

「他們……不再是我認識的那些英雄……」他捏住筆記本喃喃自語。

他看著螢幕裡仍在有說有笑的三人，又看了看父親與恩師的屍體，決定打開通訊器聯絡議會。

「……一切正在改變，我沒把握能不讓任何無辜之人流下鮮血。我只能盡可能保護所有人，盡可能不讓改革成為浴血復仇。所有目標都是讓受到壓迫的人們找回正義與尊嚴，找回讓所有物種和平共存的方法，這是我已逝的恩師教給我最重要的一課。」他草擬起明天早上將對空中市民公開演說的稿子。

他甚至沒注意到音樂仍在繼續撥放。

〈學者之城〉後記

中篇科幻小說〈學者之城〉最初以〈學者的帝國〉為標題在部落格發表，故事主要人物借自筆者尚在部落格中連載的奇幻推理小說「紐約驅魔師」裡的次要角色，但兩者之間沒有關聯。

創作此故事的機緣純屬偶然，靈感來自筆者研究所期間在工作上遭遇的挫折，同時也在其中暗示一些對過去科幻題材的致敬諸如電影《超級戰警》（*Demolition Man*, 1993）、《第五元素》（*The Fifth Element*, 1997），甚至是艾西莫夫（Isaac Asimov, 1920-1992）的小說。此外，筆者也試圖藉由空中市這個虛構世界來思考不同人群對於烏托邦、民主、革命與和平的態度，從目標看似都是「改變社會」卻又透過不同手段達成目的的思維來呈現現實世界中多元的意識形態光譜。然而，行文間透露的卻總是晦澀地暗示人類永遠無法脫離不斷犯錯與重蹈歷史的不滅悲劇，因為人性即是如此。

出身沒落貴族的主人翁詹姆士・布朗（James Brown）[14]經歷了空中市的階級不平等與壓

14 詹姆士的名字也恰巧和二十世紀靈魂樂教父詹姆士・布朗（James Brown, 1933-2006）同名，布朗是重要的美國流行音樂人物代表，活躍於六〇年代的民權與反戰運動。至於故事中的罕醉克斯姐弟的姓氏則是取自於另一位著名音樂人吉米・罕醉克斯（Jimi Hendrix, 1942-1970）。

迫，在一連串的冒險後達成原本想要改變社會（從教育著手）的目標並且報了殺母之仇，即使他並無此意，但最後也和母親死於相同手法。面對以暴制暴的貴族與革命份子，詹姆士象徵性地代表追求和平與體制內的改革者，深切相信著人性本善，但也不停體驗著他所堅持的理念會遭遇到的各種挑戰，而他的善良本性多少也產生效果，尤其是接下來要提到的另一位主人翁亨利。

身為空中市未來的統治者，亨利・德加斯（Henry Degas）在性格上其實有很多缺陷，也是個為達目的不擇手段的角色，並且只願意為少數的社會菁英賣命。然而，亨利卻在發現自己犯下無可彌補的錯誤後，也就是出於好玩殺死詹姆士的母親，而願意加入拯救空中市的行列，最後在兩百年後犧牲自己結束議會高層的專制統治。同時，在故事中的諸多災難裡，他也逐漸受到詹姆士的影響而重新思考自己對人類世界的態度，最後才會選擇自我犧牲。此部分屬於開放結局，筆者在故事尾聲並沒有清楚交代空中市的未來，只結束在他與瑪莉的兒子班傑明正在思考人類該何去何從。

瑪莉・托奈特（Mary Toinette）的名字改自死於斷頭臺的法國王后瑪麗・安托奈特（Marie Antoinette, 1755-1793），初次登場時看似是個甘草人物，但隨著故事開展後才逐漸揭露其角色定位。瑪莉擁有地表人與人類的基因，並在實驗改造下獲得控制物質的強大能力，在空中市遭到毀滅之際拯救這座並不歡迎她的城市。然而，正是由於空中市拒絕接受她的存在，瑪莉如同她的名字靈感來源瑪麗・安托奈特一樣成為被人民厭惡的王后，最後如隱形人般黯然離開丈夫與孩子。在故事尾聲，她似乎情歸同是改造人的軍官馬雷烏斯（Malleus，拉丁文的鐵鎚），不過這就留待讀者想像了。

戰爭與和平與骷髏頭

一切都起因於那顆來路不明的頭骨……

1.

（臺北，二〇一六年十一月）

喔嗨，我是詹姆士・柯林斯，目前窩居學校附近的教會大樓，最近才剛投完票回到遠在海島上的學校。

不幸的是，我的包包裡現在塞了一個讓我頭痛萬分的東西，但至少比大選結果還不令人擔憂就是了……我是這麼覺得啦。

而我的室友亨利，遠渡重洋來這裡當傳教士的華裔小子，現在正坐在對床瞪著我的詭異伴手禮。

「那東西讓我全身起雞皮疙瘩。」亨利嫌惡地瞪了我一眼。

「我需要找到答案，這東西出現在我家閣樓。」我指著那顆灰白色的頭骨說道。

說真的，要不是屋樑剛好被白蟻蛀壞，家裡也不會有人想爬進那個數十年未開封的恐怖地方，結果整理一番後竟然挖出這個鬼東西！天啊，這是什麼世界末日的前兆嗎？我以為選出個種族歧視的總統已經夠糟了！更糟的是，我家附近的退休老醫生竟然鐵口斷定這顆頭骨是亞洲人的，害得我莫名其妙被迫帶著這傢伙回來。出於惱怒，我只好在飛機上幫它取了加藤（Kato）這個名字做為發洩，也許下個月去日本玩的時候可以幫它買頂漂亮帽子讓它更像加藤[15]。

「為何你們不直接把它交給警察或附近的醫院？我真好奇你是怎麼通過海關的……」他抄起聖經準備回到樓下的圖書室。

「剛好有朋友擅長此道。」我真為自己的好運氣感到不可思議。「我父母想說這東西看起來已經很老了所以就乾脆扔給我處理，大概覺得我是印第安那・瓊斯之類的冒險家。」說真的他們根本搞不清楚我在研究什麼。

「你不覺得你那對養父母根本就在整你嗎？順帶一提，你桌上那頂帽子更討厭！把它燒了好不好？」他更加嫌惡地指著那頂紅色鴨舌帽。

「那是因為有神經病想要所以我才順便帶回來的！」

「我的黃色玻璃心碎了滿地。」

15 這裡的加藤是指《青蜂俠》（*Green Hornet*）裡的加藤，因此主角才會想幫它戴帽子。

「很抱歉，亨利，我不是故意的。」看來亨利這次沒回去投票讓他的心靈受創程度更嚴重了，但我也差不多痛苦，那堆會讓金恩博士氣到從墳墓裡彈出來的東西真是令人作嘔。

我撥了通電話給一位有涉略體質人類學的學者想跟他約個時間（負責這堂課的教師去年走了，真是令人感傷），不過怎麼撥都是轉到語音信箱，最後只好打給他的助理結果得到他最近出國這個回覆。

唉，我鐵定被這顆來路不明的頭骨詛咒了，不該幫它亂取名字的。

我把加藤擱在床頭櫃上，決定晚餐前先去附近散個步順便問問亨利對晚餐選擇有沒有什麼想法，但在我關上房門前，房裡卻隱約傳來輕微的碰撞聲。

也許是隔壁房傳來的，我一邊鎖門一邊想著。

「老實說他們什麼鳥也不關心，我開始懷疑自己當初為何要選擇傳教這個志業了。」亨利一臉不屑地跟在我身旁抱怨著。

「每天接觸的盡是群活在十九世紀般的信徒你自然會感到絕望。」我打開手機想要找點樂子，不然心情真的會盪到谷底。

「你自己也是亞裔，你一定也不好受。」他瞟了我一眼。

「廢話，我現在真的很想移民。」我是被德州奧斯丁（Austin）的一個白人家庭收養的日美混血，原生家庭因為遭逢意外所以只剩我一人，而我不想多談在那兒的成長過程。

那會讓我感到抽痛，生理與心理上皆然。

「話說回來，你帶來的那顆死人頭該怎麼辦？拿給考古學家鑑定嗎？」他在一間快餐店門口停了下來。

「是啊，我正在聯絡一位有做體質人類學的教授，不過他最近出國要稍微等一陣子。」我瞄了餐廳一眼決定放棄它，它看起來很不好吃。「所以我們最近都要跟加藤相依為命了。」

「誰？欸……你該不會他媽的幫那顆骷髏頭取了名字？」

「沒辦法，在飛機上太無聊。」

「噢拜託那曾經是個活人耶！放尊重點！」亨利無奈地嘆了口氣。「總之你要吃這間還是麥當勞？」

「沒有別的選項嗎？」

「沒，因為我喜歡這間。」

「你沒有味覺，亨利，我是認真的。」

當我們走回教會大樓時，一股不安突然湧上心頭，我抬頭望向寢室的方向，萬般不希望有任何鬼東西站在窗邊的恐怖畫面出現。

然而什麼都沒有出現。

「欸幹又是大甲（Pinsir），這裡大甲超多……」亨利決定關掉遊戲。「怎麼了？」

「覺得有些詭異……不太舒服。」我像是被人用繩子牽著一樣衝進大樓按下電梯，亨利驚慌地追在後頭試圖拉住我。

電梯打開後我急忙掏出鑰匙打開房門，裡頭的燈竟然是亮著的！

加藤早已從床頭櫃掉在地上，空洞的眼眶了無生趣地望著我們。

2.

我們只能瞪著那顆掉在地上的頭骨發愣。

「剛才有地震……對吧？」亨利試圖尋找最合理的解釋。

「地震會幫你開燈嗎？」

「呃……不會。」他走進門把加藤拿了起來，好險什麼事情都沒發生。「這東西實在太詭異了，你真的想把它放在房間裡？」

「我也很不想啊！」我接過那顆頭骨哀嘆著。

「在你那個教授回來前，這顆頭還是住在衣櫃裡好了，不然整天在那裡盯著人看有夠不舒服。」

「好吧，也許只能這樣了。」我只好打開衣櫃把加藤連著裝它的紙箱塞進去。「衣櫃裡的骷髏[16]……還真是貼切……」

16 因為衣櫃裡的骷髏（skeleton in the closet）是形容有不可告人之事的諺語，詹姆士在此使用這句話作為自嘲。

當我從浴室踏出來時，我隱約聽見衣櫃的方向傳來窸窣聲，這讓我瞬間毛了起來，但我依然說服自己那只不過是隔壁傳來的，外加這棟大樓本來就有鼠患，這一定是鄰居或老鼠的傑作。

不要自己嚇自己，詹姆士，不過是個死人骨頭。我在心裡碎不斷念著。

「你看起來非常不安。」亨利從書桌上抬起頭。

「還好，只是剛才那件事依然讓我百思不得其解。」我四處尋找吹風機的蹤影。怪了，我記得昨天它還在床邊的置物櫃裡啊。

「一定會有合理解釋的。」他悠哉地輕敲筆電鍵盤。「但如果你還是很焦慮的話，我們可以……」

「禱告。我知道，但我現在沒心情。」我快要懷疑自己有健忘症了。

「我想說的是我們可以確認是否有人潛進來！」他終於受不了從書桌前起身，從他的衣櫃裡掏出一台吹風機在我面前晃著。喂等等，這不是我的吹風機嗎？「拿去，我的壞了所以早上就把它摸走了。」

「你這哪門子的傳教士啊……」我無奈地把吹風機搶回來。

「我也在懷疑這件事，但目前實在想不到還有什麼路可走。」

「說的也是。」依我對亨利的了解，十幾年前他似乎是在街頭長大的，某天因為試圖偷走教堂門口車子的輪胎才被那兒的牧師發現，後來就一直住在舊金山的某間教堂裡替他們打雜，幾年前才就讀神學院然後被派來這座小島傳教，這傢伙要是真當上牧師的話我可不敢想像。

「不過你也滿會煮菜的，說不定可以改行開餐廳。」我故作輕鬆地建議他。

「是吹風機太大聲讓我聽錯還是你正在踩我痛點？」亨利馬上皺起眉頭。

「我是認真的，我喜歡你煮的菜。」雖然有點油就是了。

「才不要……我逃家就是為了遠離那件事。」

「你寧願當小混混也不願繼承你爸的中菜館？」

「我恨那個地方。」他惱怒地在房間裡來回踱步。「但在這裡也無法靜心下來，我始終都在懷疑我告訴信徒的那些話。」

「至少他們相信你。」

「我反而擔心這件事，他們太盲目了。」

「腦袋裡裝了太多天堂（Too much heaven on their minds）？[17]」

「是啊，他們甚至從沒聽過那齣音樂劇，真讓我吃驚。」他似乎在尋找什麼東西，最後從抽屜裡翻出一綑膠帶，那種半透明黏性很差的膠帶。「明天出門時把它貼在門縫跟牆壁不起眼的交界處，如果有人闖進來的話我們就會知道。」

「那窗戶呢？要不要連窗戶都貼一些？」我們住在將近十樓的地方，但我還是很不放心。

17 此句出自首演時極具爭議性的音樂劇《萬世巨星》（*Jesus Christ Superstar*, 1970）中歌曲"Heaven On Their Minds"的歌詞。

「……好吧。」

約莫日出時我醒了過來，我很清楚看見窗外微弱的陽光，然而卻發現自己無法動彈。

我仍在夢裡？

我使盡力氣想要移動手指，想張嘴發出聲音，但所有動作都彷彿被按下暫停鍵一般沒有任何反應。

拜託，這到底是怎麼回事？這是做夢嗎？

這是……鬼壓床？

不不不，這只是生理反應而已，是睡眠癱瘓，別驚慌。我努力提醒自己別在這種時候大驚小怪，一定得快點起來不然在圖書館的工讀會遲到。

但眼前逐漸清晰的一道黑影又是什麼？

有團黑色的東西在我面前。

它有兩隻白色的眼睛。

它正在看我。

我聽見槍聲和引擎聲，還有數不盡的慘叫聲。

「吵死人了你在幹嘛！」亨利的聲音突然從耳邊傳來，接著是枕頭砸上臉的觸感。

「怎……怎麼了？」我睜開眼猛喘著氣，全身上下像是跑了百米一樣痠痛到不行。我從來沒發生過這種事，剛才實在太恐怖了。

窗外仍然一片黑暗。

「你他媽大半夜唉唉叫的在搞什麼？」他憤怒地走過來把枕頭抓回去，我連忙看了鬧鐘一眼，赫然發現現在才三點半而已。

「怎麼……會這樣？」我愣愣地看著他。

「什麼怎麼樣？你是睡傻了不成？你剛才在做惡夢對吧？」

「對……很抱歉把你吵起來……」

「算了，我不該拿枕頭砸你的。需要喝水嗎？我幫你倒……」他轉身準備走出房間時突然發出一陣尖叫。「幹！這是怎樣？」他指著地板歇斯底里地大吼。

我連忙坐起來想搞清楚發生了什麼事。

加藤端坐地板上，再度用那對空洞的眼眶望著我們。

衣櫃的門是關著的。

3.

經過半夜那件怪事後，我和亨利整晚都窩在麥當勞瞪著桌上的可樂發呆。

「這實在不正常。」他猶豫一陣後終於開口。

「但那東西又是怎麼跑出來的？」我實在找不到任何能解釋加藤從衣櫃裡掉出來的原因。

「它……不過是顆骷髏頭。」

「骷髏頭會從箱子裡跑出來然後自己打開衣櫃再順便把門關上？真有禮貌。」

「或許世間真的存在我們無法解釋的事情。」我嘆口氣繼續跟眼前的垃圾飲料奮戰。

「要是被教會裡的其他人知道就好玩了。」

「是啊，我想還是先寄封信給那位教授好了，不能再等下去了。」我一邊啜飲可樂一邊用手機把信寄出去。

「你要順便跟他提到骷髏頭會自己亂跑這件事嗎？」

「當然不會，這太荒謬了！」我伸了個懶腰，但手指似乎摸到了什麼，下一秒馬上聽見東西掉滿地的聲音。

我轉身察看發生了什麼事情，只見後頭站了幾個高大的白人，其中一個手上的餐盤是空的。地上有套麥香魚全餐。

「搞什麼？」食物被撞掉的大個子似乎非常不悅，身上的雷姆斯汀（Rammstein）[18]團T還黏了幾顆冰塊。

很好，這下完蛋了。

「我很抱歉！」我連忙站起來向他道歉，那幾個傢伙湊了過來把我們團團圍住。

18 德國工業金屬樂團。

亨利看起來快抓狂了，這絕對不是好事。

「……小J？」團T被弄濕的大個子突然驚訝地叫了出來。

「呃……我認識你嗎？」糟糕，這讓我想到高中時的慘劇，噢拜託這裡不是美國，不要又來一次了。

「天啊小J，你也太不小心了！」大個子發出一串爆笑然後把我整個人拎了起來。「你忘記我了嗎？你媽沒跟你說我來這兒工作了？」

「啊！你是南森表哥！」我終於想起這傢伙是誰了，他是我養父的外甥南森，上次見到他的時候明明跟我差不多高啊。

「竟然會在這裡遇見你，世界真小！」他終於把我放了下來。「剛才的事就算了。」他逕自拉張椅子坐到我旁邊，順便跟瀕臨爆走的亨利打了聲招呼。

「你朋友怎麼辦？在旁邊罰站嗎？」亨利不屑地瞟了那幾個傢伙一眼。

「對喔差點忘了，你們先去旁邊找位子坐，我晚點加入！」南森表哥對他的朋友們揮了揮手。「最近過得如何？我聽舅媽說你最近都在這兒亂闖……」他停頓下來，若有所思地看著我似乎想繼續說下去，也許是徹夜狂歡讓他的語言能力退化了。

「喔，論文還沒完成，大概明年就會回去找個研究機構待著。」是啊，如果那個國家還歡迎我的話。

「還是想成為大學者？你一點都沒變啊。」他愉快地搓揉我的頭髮然後獲得亨利的白眼。

「這酷小子又是誰？同學嗎？」

「這是亨利，從舊金山來的傳教士，我們現在住在附近的教會大樓。」我用眼神示意他別再擺出那張臭臉了。

「傳教士？看起來真不像。」南森露出嘲諷的表情。

「感謝你的讚美。」亨利回敬他更加欠揍的笑容。

「很愛挑釁嘛，李小龍。」南森又在試圖引發衝突了，依我對他的了解，要不是我是他表弟早就躺平了。「對了小J，剛好碰到你所以有機會跟你講件重要的事情，我們找到泰瑞爺爺了。」看來這就是他剛才欲言又止的原因。

「泰瑞爺爺？他還活著？」泰瑞爺爺是我養父的父親，因為身體不方便的緣故長年與我們同住，但就在我小學時莫名其妙地人間蒸發，我們再也沒見過那位白髮蒼蒼的孤僻老人。

「不可思議對吧，他一直用假名窩居在艾帕索（El Paso）[19]的一間廉價旅館，上週因為感冒住院才被發現。」南森打開手機秀出一張建築物的照片，那看起來的確是美墨邊界的景色沒錯。「他發瘋了而且不想被打擾，你爸是這麼說的。」

「發瘋了？」對一個猶如風中殘燭的老人來說還真是個糟糕的結局。

「他反反覆覆說著當年打仗時的事情，還一直嚷著對不起之類的，看來情況真的很不妙，

19 艾帕索位於德州邊界，與墨西哥接壤。

我們好不容易找到他卻要馬上為他收屍，真令人感傷。」

「別這樣說，南森，他會挺過去的。」我無奈地聳肩回應。

「或許吧，他也那麼老了。」南森緩慢地從椅子上起身。「還有一件事，你爸說他一直重複聽見泰瑞爺爺在講一個字，但他不確定是否有聽錯。」

「什麼字？」我突然感到一陣寒意。

「我記得是……是……瓜卡納爾之類的，聽起來毛毛的，大概是老人家的瘋言瘋語。」他皺起眉頭試圖唸出那個意義不明的字眼。

就在南森離開我們加入朋友的宵夜（或早餐）聚會後，我的手機響起新郵件的聲音，打開後才發現教授竟然已經回信了。

致J.：

已收到你的來信，附件有篇文章或許能提供幫助。

P.S.然而我多不希望這就是解答，這實在太過殘忍。

B.

「已經回了？這麼快？」亨利湊過來看著手機螢幕。

「嗯……還附上一篇文章。」我愣愣地回應他，順便打開那檔案看看裡頭寫了什麼。螢幕裡出現一個ＰＤＦ檔，詳細資料顯示這是篇來自某個人類學期刊的文章，當我往下滑的時候出現一串斗大的黑色文字。

這是個好鬼子

瓜達卡納爾 S.I.

11-十一月-42

奥斯卡

M.G. J.Papas U.S.M.C.

我感到一陣暈眩，接著是刺眼的白光佔據所有視線。

4.

當我回神後只看見一片灰綠色和蒼白的燈光。

「你那表哥真的很差勁。」亨利坐在一旁不屑地看著我。

「……我昏過去了？」我感到手臂傳來一陣刺痛，瞇起眼一看才發現自己竟然躺在病床上而且還附贈一座點滴架。

「睡眠不足、營養失調、咖啡喝太多。」他放下手機為我倒了杯水，順便幫我把眼鏡戴回臉上。「已經中午了，你莫名其妙暈倒後我就馬上連絡你所上的同學去圖書館替你請假。你剛好有個學妹是我們的教友，所以很快就找到人了。」

「我最近好像都在給大家添麻煩……」

「別這樣想，每個人都有陷入低潮的時候。」他繼續瞪著手機螢幕，手指的動作連猜都不用猜就知道他在幹嘛。

「這是學校附近的醫院對吧？我記得這裡沒有補給站。」我半躺在枕頭上看著他。

「能碰到對面的所以沒差。」

「我剛才……看到一些東西。」我回想失去意識前出現在眼前的影像。

那陣刺眼的白光之後是一片黑暗，只有微光從上方透出，然而稍早惡夢裡的隆隆噪音又再度出現。

黑暗中有人影在蠢動著，但我卻始終無法看清楚對方的長相。

龍介。那是我回神前聽見的最後一道聲音，我記得那似乎是個名字。

我似乎在哪聽過這個名字。

「如果我不是多理智的人早就把你拖回教會驅鬼了。」亨利再度露出不屑的笑容。「那顆死人頭讓你焦慮到不行，暫時別去想它或許會好一點。」

「我在清晨的惡夢跟剛才的昏迷中都聽見了相同的聲音，那聽起來……像是戰場的聲音。」

也許這跟加藤有點關係吧，我大概知道它的來歷了，但為何是透過這種方式？」我怎麼能如此遲鈍？那東西擺明就是個二戰時期的戰利品！泰瑞爺爺顯然就是把它帶回來的人！

天啊，他在戰場上到底幹了什麼好事？

「你看到的那些影像的確難以解釋，不過根據剛才你跟你表哥的對話來看，那顆藏身你家閣樓多年的頭骨很可能是個戰爭戰利品（war trophy）。我剛才用你的手機看完那個附件檔了，那篇論文就是在講這件事。」他把我的手機連同幾張紙遞給我。「我拿了你的手機去附近的影印店把它印出來，我想你會需要。」

「感謝你的雞婆。」我試圖激怒他，現在這個窘態真的讓我相當不爽需要發洩一下，我真是幼稚。「話說我表哥呢？他沒有跟來？」

「他喔……只負責叫救護車然後就跟他的朋友們走了，臨走前還說你是個該死的怪胎。」亨利惱怒地覆述南森表哥在我昏過去時說的話。「他欺負過你對吧？」

「他曾經很護著我，當他發現這會為我帶來更多麻煩後就選擇成為旁觀者，偶爾在情況不嚴重的時候加入惡整我的行列。」對這些陳年往事我只能一笑置之。「我反而感謝他這麼做，不然我們在同儕之間都會很難做人，我已經不抱任何希望能改變這種情況了。」

「別放棄希望，詹姆士，無論如何我們都得想辦法活下去。」他瞄了四周一眼後悄聲說道。

「……就算背叛自己堅信的一切也要拼命活著。」

「這聽起來不像禮拜時的訓誡，反而更像血淋淋的街頭智慧。」

「是的，我想你也能體會吧。」他的神情比平常又老了好幾歲。

當我拎著背包準備離開急診室的時候，剛才為我診斷的老醫生走了過來用不大順暢的英文跟我閒聊，原來他年輕時曾在奧斯丁待過一陣子。

「那個年輕人……是傳教士嗎？」他狐疑地指著遠處正在填寫表單的亨利。

「是的，以後可能會正式成為牧師吧。」我愣愣地回應他，看來亨利需要把自己打理一下免得整天被人問東問西。「怎麼了？」

「他人看起來滿不錯的，雖然我一開始還以為他是附近的小混混，你醒來前他一直跪在床邊替你禱告。」

「……噢。」

5.

回到住處後我便受到整棟大樓的溫暖問候，但也讓我感到相當不自在而且還得提防有人發現加藤的存在。那些教友才剛從遊行中回來，身上的白色上衣讓我感到一陣緊張，但我不該如此緊張的。我到底在緊張什麼？我又不是他們……厭惡的那種人。好在亨利用我需要休息為由把他們通通支開，現在正在寢室裡收拾放滿各處的紙杯和食物殘骸。

「世界上有更多需要操心的事情，但他們卻選擇浪費時間在自相殘殺。」他沒好氣地把一件白色T恤塞回衣櫃。「好險你剛好選在今天被送進醫院，不然我還得跟他們出門耍寶。」

「所以……你支持這地方的那個法案？」這倒是讓我挺驚訝的。

「我到這裡後就一直在車站附近的兒童病房當志工，有些小病人離死亡只有一步之隔，我們什麼忙都幫不上，只能逗他們開心，但同時也要想辦法讓那些孩子對這世界充滿期待，即使他們再也撐不下去……」他停頓一下猶豫是否要繼續說下去。「幫助所有人，無論他們是誰。我深信一個無私的信徒該如此燃燒生命，而不是成天害怕自己或別人因為做錯什麼事而失去進入天堂的機會。誰對誰錯……永遠不是我們這些血肉之軀能擅自決定的。」

「我想你應該不在乎能否進入天堂吧？」我覺得自己問了個蠢問題。

「說真的我不在乎。」他聳肩回應我。「反正如果要從這套教義來看，我老早就失去機會了！」他又露出那個不屑的表情笑了出來讓我很想賞他一拳。

「你真是有夠奇怪的傳教士。」我也只能無奈地笑著。

「不過話說回來，你對那篇論文[20]的見解如何？我不是專家所以只能把裡頭的東西照單全收。在比較原始部落獵頭和太平洋戰爭時美軍收集戰利品的段落，作者認為兩者間存在象徵意義上的不同，你怎麼看？」他突然想到什麼似地看著我。

「獵頭行為的確存在不同的動機。原始部落的獵頭行為出自各種原因，有儀式上的需求，

[20] 這篇論文其實是Simon Harrison的"Skull Trophies of the Pacific War: Transgressive Objects of Remembrance"，發表於*The Journal of the Anthropological Institute*第12卷第4期（2006）。

當然也有衝突造成的殺戮。」我翻閱文章回應他。「有些被帶回部落的頭顱在儀式過程中成為部落的一份子，而戰士則藉由這個行為取得頭顱主人的力量，同時也展示了他們的男子氣概。然而從太平洋戰爭的例子來看，取走死亡敵軍的所有物甚至遺骸的行為並不是為了取得對方力量，而是在現代民族國家的政宣下被種族化（racialize）的結果……士兵說服自己是在狩獵動物然後把牠們的頭掛在牆上。」

「去人類化（dehumanization）與貶低（degradation），這是官方在二戰期間的政治宣傳中相當重要的一環。」亨利坐上床沿說道。「把日軍化約成非人類生物來合理化對他們的殺戮，或是減輕士兵殺敵時的恐懼與罪惡感。」

「是的，當時有很多文宣是如此呈現，對比歐洲戰場相當不同，因為對歐洲戰場的宣傳並沒有把敵軍非人類化。另外，從這份研究來看，歐洲戰場的美國士兵較少有收集敵軍遺骸的行為……至少不像太平洋戰場這麼氾濫。」

然而我現在只充滿憤怒。泰瑞爺爺不只殺人，還把敵人的骨頭帶回家像動物一樣掛在牆上？我知道戰爭會讓人變成野獸，但有多少泯滅人性的殺人犯回到祖國然後裝作無罪地安居樂業？他們不是在保家衛國而是當自己在叢林裡打獵！

「看來你爺爺當時也加入收集血腥戰利品的行列，希望他當初不是為了尋找萬聖節裝飾才把加藤帶回來的。」他搓了我的頭髮一陣後便走回書桌想要找書來看，但幾秒後卻一臉狐疑地起身。「詹姆士，你最近有拿走我的書嗎？」

「我只有借走一本字典。」

「你送我的書不見了。」他指著書桌上的一個空格，那裡照理說有本我去年去京都時幫他帶回來的芥川龍之介短篇集，有《河童》的那本，他一直很喜歡這個故事，所以我就找了本漂亮的文庫本舊書帶回來，雖然他根本不會日文。

「也許你不小心把它放在圖書室，還是要問問加藤書跑去哪了？」看來加藤這陣子會變成我跟亨利的詭異笑點，也許這會讓我不那麼焦慮，但我卻突然聽見衣櫃裡傳來碰撞聲。

亨利也聽見了，他害怕地瞪著我的衣櫃。

他吸口氣站直身體，鼓起勇氣走向衣櫃然後猛力掀開那扇木門，我注意到他的左手正捏著脖子上的十字架項鍊不放。

所有東西都沒有被移動的跡象，就連裝著加藤的紙箱都好好地躺在裡頭，但我卻突然對那個紙箱感到一陣恐懼。

「亨利……你能打開那個箱子嗎？」我多不希望這個猜測會得到正確答案。

「……為何？」他壓下慘叫聲回應我。

「我只想確定……加藤還在裡面。」

「好吧……」他深呼吸一陣後把紙箱打開，然後臉色慘白地看著那本芥川龍之介文集從裡頭掉出來。

我連忙跳下床撿起那本書，然而封面上卻出現我之前沒看過的塗鴉。

那是用亨利書桌上的紅筆畫下的兩個圓圈，正好把封面上的「龍」和「介」給圈了起來。

……龍介？

6.

我們決定放棄這一切都是巧合的想法，然而對現況也無能為力。

我和亨利說服彼此這件事絕不能對外張揚，否則在這種兵荒馬亂的時候一定會引起更多宣稱教會充滿無知的指控……雖然我們並不想否認這點，真是他媽的諷刺，不過那些傢伙真的並非處理歷史文物的高手，尤其是出現怪異現象的麻煩文物，但我們也想不到有什麼人選能處理這該死的鬼東西。

「或許那就是加藤真正的名字。」亨利在隔天的晚禱後對我說道。

「龍介嗎？也許，但我們還不知道他姓什麼。」我一邊回學生的信一邊漫不經心地回應他。「這麼多士兵死於太平洋戰爭，要如何從茫茫人海中找到一個叫龍介的傢伙？況且他是不是士兵都還是問題。」

「也是。」他還是沒買新的吹風機。

「我說你就不能去附近的五金行買把新的嗎？一直用我的不會不好意思？」

「你的又沒壞。」他順手把吹風機拋到床上然後把堆在上面的書通通撞倒。「抱歉。」

「長大點先生，都幾歲的人了。」我終於把學生的信回完。有些小混蛋依然死賴著不交報告，我多希望下學期不用再看見他們，但我們的孽緣顯然還會持續好一陣子。

「對了，我今天會晚點回來……跟朋友有約，睡前記得把門鎖好。」他突然拎起背包便往房門的方向走。

「朋友？已經這麼晚了？你竟然要這麼晚出門？」我驚訝地看著他。

「呃……他們只是剛好過境停留一陣而已，總之不用等我就是了。」他匆忙踏了出去。

「還有我們之前貼上的膠帶……沒有一次是被弄開過的。」房門關上前他這麼說道。

難道那些怪事都不是人為的？

我多不想相信，但又要如何解釋？

「所以你叫龍介？真是個好名字，如果剛好也姓加藤的話就太巧了。」我把加藤拎出來端詳著一邊對它喃喃自語，順便把它高高舉起模仿莎士比亞劇作的經典畫面。「哎呀，可憐的憂里克！我是多麼了解他（Alas, poor Yorick! I knew him well.）。[21]」我開玩笑地唸出臺詞，但對加藤仍然一無所知。

你到底是誰？你是怎麼死在瓜達卡納爾的？那裡真是你的葬身之處？

是泰瑞爺爺殺了你嗎？

---

21 這句話出自莎士比亞劇作《哈姆雷特》第五幕，哈姆雷特拿著死去弄臣憂里克的頭骨發出感嘆，但詹姆士說的其實是錯誤版本但流傳甚廣，正確臺詞是Alas, poor Yorick! I knew him, Horatio。Horatio是哈姆雷特的朋友。

那對早已失去光彩的洞孔依然無言以對，一抹寧靜的微笑永遠凍結在臉上，彷彿隨時提醒人們生命無可避免的終局。

記住，你終將死亡（Memento mori）。也許骷髏的存在一直都有這種警示效果。

我把加藤塞回衣櫃裡便爬回床上，這幾天的折騰讓我馬上進入了夢鄉，然而沒多久後熟悉的噪音又再度出現。

黑暗中仍然只有上方透出微光，蠢動的人影越來越接近，微光照射下出現一張骷髏的臉。

「……你是誰？」我聽見自己的聲音正在劇烈顫抖。

「我想問你一樣的問題。」那張骷髏的臉也同樣面露恐懼，手中緊握一把裝有刺刀的步槍。

「加藤……龍介。」我聽見自己開口，無法阻止自己說出這串文字。

龍介。那道聲音再次出現了，但我卻找不到聲音的主人身在何方。

「泰瑞，泰瑞．柯林斯。」那張骷髏的臉終於放下步槍。「你看起來……快要死了。」

我睜開眼喘息著，全身被冷汗浸溼無法動彈。那團長了兩隻白色眼睛的黑影就在眼前漂浮，一些像手指的東西正朝我伸過來。

「奉主之名我命令你離開！」亨利的聲音突然冒了出來，接著又是枕頭巴上臉的觸感。

「亨利？」我跳起來差點把他撞下床。

天啊，他坐在我身上幹嘛？

「我很抱歉，詹姆士，雖然很荒謬但我得這麼做……」他滿臉歉意地抓著我的肩膀。「我一開門就看見那東西……我不知道該怎麼辦……」

「……那東西？等等，你看到什麼？」難道亨利一直都看得見那團黑影？

「我說不出來……不想形容。」他狼狽地從我身上離開。「而且你不會信的。」

「快告訴我那是什麼？拜託！」我快要過度換氣了。

「你就當他不存在好嗎？他已經離開了！」亨利突然轉為惱怒地對我大吼。

「我剛才夢到泰瑞爺爺，他極有可能殺了加藤……加藤龍介，我竟然亂猜猜中了。」我擦掉臉上的汗水回應他。

「理智點！那只不過是你把兩個聽過的名字湊在一起而已！」

「一個自以為在演《大法師》的傢伙好像沒資格叫我理智一點！」我竟然開始懷疑他剛才這麼做另有企圖了。

「我剛才真的嚇壞了！」

「那就告訴我你剛才看到了什麼！」

「該死！我不想說！」他也同樣不停地冒汗。

「難道你要我跟其他人指控你剛才的脫序行為嗎？」我正在逼迫他，我不想這麼做，但他顯然看見什麼不得了的東西。

「你他媽在講什麼？媽的你在想什麼！」

「告訴我，亨利，剛才在我身上飄著的是什麼？」我鼓起勇氣狠狠瞪著他。

「一個全身卡其色的男人……背上還有一把槍……」他頹然坐倒在地。「他想鑽進你的身體……我必須阻止。」

7.

「我們需要談談，小J。」養父突然撥了通越洋電話給我。

「怎麼了？」我萬般希望不要是跟泰瑞爺爺有關的事情。

「你一定不會相信泰瑞爺爺在失蹤期間去過哪些地方！」

噢該死，還真的是。

「說吧，但願能解釋他為何會消失這麼久。」我不敢多說頭骨的事情，深怕會把老人家活活嚇死。

「其實……他想親口告訴你。」他遲疑了一下。「我們正在醫院裡，他想透過視訊看看你，他似乎有話想說卻不願意告訴我們，就指名要找你。」

「這還真是奇怪。」

我有非常不好的預感。

「你兩小時後再把Skype打開，我們會幫他準備好。」他匆忙掛上電話。

沒幾秒後亨利便粗魯地打開房門，紙袋的窸窣聲也一併竄了進來。

「晚餐。」他遞給我一盒東西。

「你做的？」保鮮盒？顯然他剛才在廚房裡忙得七上八下。

「剛好有其他牧師來聚餐，所以就被叫去幫忙了。」他掏出自己的那份放在書桌上。「還有我買了新的吹風機。」

「感謝上蒼你還有點良知。」

「話說回來……你之後還做過相同場景的惡夢嗎？」亨利一邊咀嚼蝦仁一邊問道。「或是看到奇怪的東西？」

「沒。」我選了一坨看起來醬汁最少的左宗棠雞咬下去。天啊，他為何不試著學習別種烹飪方式？這裡明明就有比老家更道地的中菜啊。

「你看起來快被毒死了。」

「你應該去看一部講美式中菜的紀錄片[22]，裡頭有提到左宗棠雞其實是這裡一家餐廳的產品然後才傳到美國去的。」我快把水壺裡的水喝光了。「但是……我依然覺得被什麼東西窺伺著。」那種感覺就像空無一人的房間裡傳來微弱的呼吸聲，而你想尋找來源時卻發現它飄忽不定，越想找到就越發現其他角落也傳來不明的聲響。

---

22 這部紀錄片是二〇一〇年的《尋找左宗棠》（*The Search for General Tso*），介紹耳熟能詳的菜餚左宗棠雞被「發明」的歷史，以及華裔移民在近代美國社會中如何尋求生存。發明左宗棠雞的廚師，同時也是彭園餐廳的創辦人彭長貴已在二〇一六年十一月三十日過世。

有時它就在你的耳邊。

「顯然那東西是趕不走的……」當他想繼續說下去時，一陣敲門聲打斷了我們悠閒（佐以恐怖經驗）的晚餐時間。

「吳傳道？」一顆頭探了進來。

「怎麼了？」亨利放下便當看著那位弟兄。

「等會兒記得下來開會，事態緊急。」

「我知道，記得關上門。」他在房門帶上後無奈地嘆了口氣。

「又是那件事？也許我最近需要多昏倒幾次。」我幸災樂禍地看著他。

「別胡說！你在開玩笑嗎？」他差點把便當往我頭上砸。「我可不想再經歷一次那種事情！我當時以為你要死了你知道嗎！」

「好好好別生氣，我只是開玩笑的……」我壓根沒想到他的反應會如此誇張。

亨利下樓開會後房間陷入一片沉默，我幾乎要再次聽見那個可怕的呼吸聲。

但我再也沒夢到那個詭異的夢境。

泰瑞爺爺當時跟加藤有說過話？他們不是正在打仗嗎？是什麼樣的機緣讓這兩個死敵得到溝通的機會？

他又是如何殺死加藤然後帶走他的頭顱？

但願他還記得。

我打開視窗等待泰瑞爺爺的來電，一陣子後果然看見養父的號碼出現在上面。

「詹姆士？」一個滿頭白髮與皺紋的老頭對我露出笑容。

「爺爺？」我快要認不得他了。

「我對自己的不告而別感到抱歉，詹姆士。」他對鏡頭後面的家人揮了揮手示意他們離開病房。「有好多話要跟你說，但我不知道還剩多少時間。」

「別這麼說，爺爺，你看起來很健康啊。」我真佩服自己的說謊能力。

「哈！這種恭維我聽多了！」他爽朗的笑聲倒是沒有衰退跡象，也許真的能活過百歲吧。

「老爸說你有事情找我？」

「呵呵是的……我的確有事情要問你。」

呼吸聲就在耳邊，我突然無法動彈。

「怎麼愣住了？還是網路不夠順暢？」他拍了螢幕一下。

我又能動了，剛才那是怎麼回事？

「可能只是網路卡卡的。」我只好希望他老人家視力不好沒發現我剛才顯然是嚇呆的表情。

「加藤在你手上對吧？」他突然說出那個名字。

「我……呃……你怎麼……」

「他的名字是加藤龍介，是我在瓜達卡納爾遇見的日本鬼子。」他依然使用鬼子（Jap）這個字稱呼加藤。

那個不知從何而來的呼吸聲似乎在笑，我敢對天發誓那東西正在笑！

「我能否問你……你是不是殺了他？」我壓下尖叫的慾望張開嘴巴。

泰瑞爺爺的表情絲毫沒有任何變化，他依然保持愉快的笑容。

「是的，我記得很清楚，那是一九四二年的聖誕節，我在奧斯登山[23]附近的洞穴裡殺了他。」

我感到一陣冰冷。

「你……」

「我必須這麼做，我們正在打仗。」

「但是你……為何把他的頭給……」我無法繼續說下去，近乎羞愧的憤怒早已將我的理智掩蓋。

這又不是我的戰爭，我為何會如此憤怒？

「我砍了他的頭然後帶回老家收藏。」他面不改色地對我說道。

我有資格憤怒嗎？

「你是個禽獸。」我立即關上電腦。

他承認了！他親手砍下加藤的頭做為收藏品！

23 奧斯登山（Mount Austen）位於瓜達卡納爾島北部，一九四二年十二月到一九四三年一月間美軍與日軍在此地展開戰役，最後造成美軍約有二五〇〇人陣亡，日軍則有將近三〇〇〇〇人陣亡。

他是個罪犯！

我再也無法對他表達任何敬意，我身上流著的血竟是他視為牲畜一般的存在！

我的眼前再次出現那團有著白色雙眼的黑影。

「我很抱歉……」我對那團黑影喃喃自語，感覺自己早已陷入瘋狂。

那不是全部的事實。

當我的視線再次被劇烈的白光籠罩時只聽見這句話從耳邊傳來。

我又回到了那個夢境中。

8.

那片熟悉的黑暗依然只有微光從上方透出，空氣中充滿隆隆炮火聲和音色各異的喊叫。然而這次我卻成了旁觀者，原來我一直從加藤的視角目睹這些景象，那道從洞穴射入的光線正好停在他頭頂上。

年輕的泰瑞爺爺就在他面前，拖著血淋淋的右腳正在盯著加藤。

「你會英文？你是翻譯官嗎？」泰瑞不敢置信地看著他。

「不是……」腹部一片暗紅的加藤竟然還有心情對他苦笑。「我以為自己會孤獨地死在洞裡，沒想到卻掉了個跟我一樣倒楣的人下來。」

噢，原來加藤戴著一副圓框眼鏡，這讓他看起來有點滑稽。

「這不是你們鬼子躲藏的地方嗎？」泰瑞警覺地看著四周。

「這裡什麼都沒有，我是剛才掉下來的。」

「我也是……『我們』真是倒楣。」他只好苦惱地搔著頭髮。

「殺了我吧，你不會想跟敵人在這裡耗上太久，反正我也快沒命了。」加藤不信任地瞄了他一眼。

「我沒子彈了……」

「你有刺刀。」

「你不像我遇上的其他鬼子。」泰瑞放棄繼續站著的慾望，找塊石頭坐上去並試圖為受傷的右腳止血。

「你覺得鬼子應該是什麼樣子？」加藤掏出水壺把它一口飲盡，顯然他已經放棄希望了。

「你覺得美國大兵應該是什麼樣子？」泰瑞吞了口口水回應他。「我聽過《蝴蝶夫人》[24]，我其實對那個崇尚武士精神的古老國家很感興趣。」

---

[24]《蝴蝶夫人》（*Madama Butterfly*）是義大利作曲家普契尼（Giacomo Puccini, 1858-1924）的歌劇，改編自一八九八年的同名短篇小說，而短篇小說則奠基於法國軍官Pierre Loti的自傳體小說《菊夫人》（*Madame Chrysanthème*, 1887）歌劇在一九〇四年於米蘭首演，一九〇六年於華盛頓演出。筆者在小說中提到泰瑞爺爺說他聽過這齣歌劇，可能是從唱片或是當時改編的電影得知這個故事，因為《蝴蝶夫人》在一九二〇與三〇年代即有數個錄音版本，並在一九一五年出現第一個電影改編。十九到二十世紀初西方世界對日本的文化與藝術相當著迷，許多文藝創作

「我在英國讀過幾年書，人們總說美國是民主與自由的故鄉。」他莞爾一笑。

「你在那裡讀過書？」泰瑞驚訝地看著他。

「我父親是個布商，他賺了不少錢便把我送去那兒，直到他經商失敗後我才回來幫忙。」

他看了洞穴上方一眼，一些彈殼掉了下來，卻沒任何人注意到地上有個窟窿。

「噢……我家是開農場的，雖然在大城市待過好一陣子。」泰瑞再次搔了幾下頭髮然後悲慘地發現就連蝨子都已經死在裡頭。

這地方奇蹟般地再也沒有任何人掉下來，就連戰爭也忘記了他們的存在。

「或許我相信的……並不是事實……」加藤看著水壺低語。

「因為我們正在打仗。」泰瑞放下槍管說道。「戰爭把人變成野獸，但我從來不想殺死任何人……我們不是野獸。」

「我想成為文人，用詩歌愛著這個世界和居住其中的所有人。」加藤語帶諷刺地回應他。

「我不知道自己現在在做什麼。」

「我不該這麼說，但我希望你能活下去。」

「我也想說一樣的話。」

「這裡還有其他洞能出去嗎？」泰瑞掙扎著起身，再次扛起槍在周圍一拐一拐地踱步。

皆受其影響，例如克林姆（Gustav Klimt, 1862-1918）在其畫作中使用浮世繪的元素。第二次大戰期間，同盟國之間瀰漫的反日氣氛也使這個早期的「哈日風潮」暫時消失，許多家庭甚至將日本風格的裝飾扔出家門。

「該死！竟然沒有！這地方真詭異！」
「你只剩下上面那個洞可以出去了。」
「說得你好像就要死在這裡一樣。」
「我是這麼認為，我甚至希望你能幫我結束這場惡夢。」
「你有家人嗎？你家人會希望你就這樣死在荒島上？」泰瑞看起來像個在對小孩說教的幼稚園老師一樣，這讓我差點笑了出來。
「我無能為力，或許他們會把這視為一種榮耀……即便心中痛苦萬分。」加藤無力地垂下頭。「請殺死我，就像你說的武士精神一樣，我想保有最後的尊嚴。」
「我不知道自己能否活過這場戰爭。」泰瑞握緊槍管。「先告訴我一件事，如果我要向你的家人道歉，我該去哪裡找他們？」
「廣島，那是我的家鄉，雖然最愛的人並不在那裡。」他終於露出笑容。「當我從英國回來時，我發現妹妹被送走了，她是我最無法失去的人，她……可能是唯一會為我哭泣的人。」
「不……我真的不想這麼做！」泰瑞咬緊牙關直到發出刺耳的摩擦聲。「我會把你拖回去，你會以戰俘的身分活下來。你是個好人，不能就這樣死在這裡！」
「我們正在打仗，你的軍隊不會讓我活著。」他發覺自己已經無法移動手指。
「為什麼要放棄希望？你不是愛著這個世界嗎？」
「看看我！我像個還能活下去的人嗎？」

「該死！如果你想要的話！」泰瑞失控地大吼，手中緊握的槍管朝他用力戳下去。

我感到胸口傳來一陣劇痛，彷彿被刺穿的是自己。

加藤頓時瞪大眼看著他，喉管傳出窒息般的破碎囈語。

「我們都不想要戰爭！」泰瑞絕望地跪倒在地。「我只能用這種方式結束你的痛苦……就像朋友幫助彼此……如果我們能有任何機會成為朋友……」

「……謝謝你。」那是加藤的最後一句話。

我必須告訴你這些。

所有畫面瞬間消失。

我連忙站起來，但雙腳卻踩不到地面然後摔進一團柔軟的觸感中。

「嚇死人了你在幹嘛！」亨利在書桌旁一臉驚恐地瞪著我。

「……我怎麼在床上？」我快用棉被把自己勒死了。

「你在說什麼？我回來時你就已經躺在床上了，我還在納悶你今天怎麼那麼早睡！」

我跳下床往衣櫃的方向跑去然後掏出裝著加藤的紙箱，我只想確認他是否還待在裡面。

「他……還在裡面。」我一定是瘋了。

「對了，在你跳起來嚇人之前，你的手機響了很多遍而且都是同一個號碼。」亨利拿起我的手機揮舞著。

「該死……我爸打來的……」接過手機後，我懊惱地坐在地板上瞪著那堆未接來電。「你剛才去開會後我和泰瑞爺爺用視訊聊了一下，他說他真的殺死了加藤然後把他的頭帶回去收藏，但就在我氣到把電腦直接關掉後，加藤又出現了。」

「他又出現了？」

「然後我又看到一些影像……他們……的確交談過，我爺爺殺死他……另有原因。」我痛苦地按著發疼的太陽穴。「我不知道……要不要選擇……相信。」

「你已經語無倫次了。」亨利無奈地走向我。「我覺得最好的辦法是再跟你爺爺確認一次。」

「我剛才對他很無禮……」我不知道要如何再次面對他。

「那就跟他道歉啊，不然還能怎樣。」他硬是把我拉起來。「你覺得自己誤會他不是嗎？」

「很有可能。」

「那就別再逃避了，如果你想知道真相的話。」他抓著我的肩膀說道，卻隨即面露極度的恐懼看著我，全身瞬間僵直不動。

「你沒事吧？」我被他的反應嚇了一大跳。

「後面……詹姆士……後面……那是……什麼？」

我從來沒看過他這麼害怕，但我不敢轉過頭。

那東西顯然感受到我們的恐懼。

呼吸聲再次出現而且相當接近。

我必須轉過頭。

有著白色雙眼的黑影就在我背後，但一道熟悉的聲音卻憑空冒了出來。

「夠了托托，別再驚嚇他們了。」加藤龍介漂浮在我的衣櫃前，一臉嘲諷地看著我們。

9.

「告訴我這只是場惡夢。」我覺得自己快瘋了。

「我也想這麼說。」亨利死抓著我的肩膀不放。「但我一點也不想夢到你。」

「我也是。」

「哈哈，你們真被嚇慘了！」加藤的臉突然冒了出來，這讓我跟亨利尖叫著摔成一團。

「托托沒什麼惡意，牠只是好奇而已。」他愉快地指著那團黑影。

「牠？」我竟然在跟鬼魂聊天，這下我得開始擔心自己會不會在論文完成前就被送進精神病院了。

「托托是條狗啊！」加藤在那團黑影撲進他懷裡時爆出大笑。

我總覺得那張笑臉似曾相識，彷彿在另一個我記不得名字的人臉上出現過。

「讓我搞清楚一件事，我那天看見的鬼魂就是你？你鑽進詹姆士身體裡想幹嘛？」亨利鼓起勇氣開口。

「是我沒錯啊，但我可沒有鑽進詹姆士身體裡，我那時正在把托托從他身上抓下來，牠太喜歡這傢伙了。」加藤搓著那團黑影回應他，那坨長著白色雙眼的不明物體發出兩聲愉悅的狗吠。「但托托很怕你，所以平常不敢在你面前出現。」

「那條……狗？怕我？」亨利驚訝地瞪大眼。

「牠覺得你全身充滿殺戮之氣……像殺過人一樣。」加藤放開那團名為托托的黑影讓牠在房間裡到處亂跑。「我是個失職的戰士，從沒殺死人，也許是因為這樣牠才願意讓我抱吧。」

「呃……但那條狗不會吵到其他人吧？」

「也許看得見鬼魂的人會聽見。」加藤依然心神愉快地盯著我們。「這裡不多，否則托托早就被發現了，我被詹姆士帶來這兒後就發現牠住在花園裡。」

所以托托才是房間裡不明呼吸聲的來源？噢……真是好笑，但我還是很不希望被其他教友發現我們房裡現在有個嗝屁七十幾年的日本兵（而且還有英國口音！）和條不知從哪來的幽靈狗。

「但為何找上我，加藤先生？我很抱歉泰瑞爺爺對你做的事情，但我又能提供你什麼幫助？」我真心希望這只是場惡夢。

「夢境，詹姆士，你能透過夢境看見我的記憶。」他轉為一臉無辜地看著我。「也許是巧合，也許是我們無法理解的宿命，我多希望泰瑞能知道他早已被原諒…他一直被殺死我的罪惡感侵襲，我很怕他會因此發瘋。」

「你想透過我……告訴爺爺你的存在？」

「告訴泰瑞我一直是他的朋友。」

當我想問他更多關於爺爺的事情時，一陣劇烈的敲門聲讓我們通通嚇得跳了起來，就連加藤也無法倖免直接撞進天花板，而托托則是跳到我身上抓著我不放。

嗯，但願樓上住戶不會被地板噴出來的鬼臉嚇死。

「吳傳道？吳傳道？」原來是住在隔壁的教友。

「怎麼了？」亨利把房門拉出一個小縫。

「你們到底在聊什麼聊這麼高興？」睡意濃重的音色竄進房裡。

「呃……」

「我英文不太好……但我聽見你們有人在說狗還什麼的。」

「啊對！我們正在聊老家養的狗！」亨利真是個糟糕的演員。

「噢……原來，總之你們太吵了請節制點。」那傢伙走回寢室時還一邊碎唸著。

「他說我們是香蕉[25]，你有聽見嗎？」亨利關門後露出不屑的笑容。「這國家的居民竟然分不出歧視和幽默。」

[25] 香蕉是用來嘲笑亞裔美籍人士雖然看起來是黃種人，但生活與思維上卻像白人一樣的歧視用語。

「好久沒聽到這種罵法了。」我突然很想揍人，雖然向來只有挨揍的份。

「對了，你們對那篇論文見解如何？」加藤再次冒了出來。「被取名奧斯卡的日本兵頭骨透漏出什麼訊息？」

「講得像什麼大教授一樣。」我無奈地看著他順便試圖把托托從身上抓下來，但同時也不禁懷疑若沒有戰爭，加藤的人生會是什麼樣子？也許真會變成詩人或學者之類的也說不定。

然而戰爭終結了他的夢想，無數人的夢想。

「噢拜託，我只是把問題用簡潔有力的方式說出來而已。」他還真不死心。

「那顆叫做奧斯卡的頭骨來自索羅門群島的瓜達卡納爾，刻在頭骨上的S．I．說明了這件事。」我只好跟他一搭一唱起來。「帶走頭骨的人是個叫朱利斯‧帕帕斯（Julius Papas）的士兵，當時服役於美國海軍陸戰隊，也就是刻紋上的U．S．M．C．[26]。」

「然而那個日本兵顯然不叫奧斯卡，奧斯卡是盟軍給一式戰鬥機（Army Type 1 Fighter）取的代號，那顆頭骨的主人大概是開戰鬥機的。」亨利一臉哀怨地加入這場討論。

「真是細心的好孩子。」加藤又笑了出來。「聯絡泰瑞吧，我想他應該有很多話想跟你說，我也好久沒見到他了。」

「但願不會讓我對他更失望。」我只好再次打開電腦。

[26] United States Marine Corps的縮寫。

當泰瑞爺爺歷盡滄桑的臉再次浮出螢幕時，我突然有種想哭的慾望。

「很抱歉對你那麼說，小J，我應該要考慮到你的身分。」他無奈地笑著。

「是我反應太誇張了，我才該向你道歉呢。」我萬般希望他也能看見加藤。

「我必須告訴你我消失的這些年都在做什麼。」他嘆了口氣。「不只是為了找到加藤的家人……也是為了你。」

「我？」

「向我保證你不會告訴養父母，小J，還有這位小哥是誰？」他不放心地指著亨利。

「室友，我相信他能守口如瓶。」我看了亨利一眼，他小心地點頭。

「很好。」泰瑞爺爺掃視病房一眼確認所有人都已經離開。

加藤飄浮在我身旁，我幾乎能感受鬼魂內心的喜悅與焦慮。

「你知道我在戰爭中失去一條腿……那是殺死加藤之後的事情。」他緩緩說道。「那記槍傷太嚴重了，醫生決定剁掉它，但我還是在那座該死的荒島上待到戰事結束。」

「才不是荒島，其實有原住民住在上面。」加藤在我耳邊吐槽並獲得亨利的狠瞪然後乖乖閉嘴。

「那麼……你又是怎麼把加藤給……」

「在那些鬼子夾著尾巴逃跑後事情便輕鬆許多，有天我拄著拐杖和同袍巡視戰場時，我又發現那個洞窟的存在，彷彿冥冥之中注定好似的。」他吞了口口水繼續說下去。「我決定爬下去驗證我的猜測……他的屍體可能沒被發現……而我……猜對了。」

我從電腦螢幕的倒影瞄了加藤一眼，他的表情似乎沒有太多情緒上的波動。

「所以你……」

「他的軍隊沒找到他，我必須信守諾言向加藤的家人道歉，我當時竟那麼天真地相信著。」

也許我之前不該如此憤怒。

「我爬回那個洞窟，把加藤腐爛的屍體拖出來然後砍了他的頭！我只能帶走這東西，我甚至得說服自己向同袍炫耀這個『意外』的發現！『我的』戰利品！」

「你向他們……說謊？」

「我能怎麼辦？告訴他們這是我的『朋友』？若被知道會完蛋的！我一定會被當成叛徒！」他激動地快要說不出話來。

「天啊，爺爺，冷靜點！」

「我不該這麼激動的……哈哈，都多少年前的事情了。」他苦笑道。「對了小J，你知道要如何弄出一個乾淨的頭骨嗎？當我把加藤拎回軍營時，有個幹過這種勾當的小子教我怎麼做，他已經寄了好幾顆鬼子腦袋回家送人，當我找到他的時候他正在削尖一根肋骨，大概想做成拆信刀吧。我們就地取材，拿汽油桶裝水煮滾，接著便像燙掉雞毛一樣把腐爛的血肉去除，甚至是惡臭不堪的腦漿……我實在不想回想那些畫面，那彷彿是小時候在故事書上讀到的食人族。我們……又和那些野人有什麼差別？」
我突然感到手背傳來一陣濕潤，當亨利遞給我一張面紙時才發現自己哭了。
「別哭，小J，那不是你的戰爭。」爺爺伸手撫摸螢幕。
「不，我們都是戰爭的孩子……那場戰爭造就了我們……我們的國家，我們的生活，我們的……思維。」
我們的愛與恨，我們的偏見與寬恕，我們的慈悲之心。
沒人能自外於它，即使我們假裝一切早已被遺忘。
「是……是的，孩子，的確是這樣，所以你們絕不會期望戰爭，對吧？」
「當然……」我吸了吸鼻子回應他。
「當我帶著加藤回家後並沒有像其他同袍一樣展示它，我直接把它藏了起來，期望哪天戰爭結束後能履行諾言。」他像是發現加藤的鬼魂般，狐疑地凝視螢幕另一頭的虛空。「但是……他的家鄉在廣島……看到報紙的剎那，我的內心已然死透。」
我想起來了，在夢裡加藤曾這麼對泰瑞爺爺說過。
「他的家人……該不會都被原子彈炸死了？」亨利悄聲問道。
加藤依然緊盯著泰瑞爺爺，那張充滿嘲諷的笑臉早已消失無蹤。
「我頓時失去所有當初天真的想法，然而那顆頭骨仍然好端端地躺在閣樓裡，我只能埋葬這段過去，讓罪惡感成為伴隨一生的摯友……直到我再次燃起尋找加藤家人的意圖。」爺爺再次露出笑容。「那是因為你，小J，這是我們之間的祕密。」

「為何？」一陣恐慌讓我差點再次倒下。

「你還記得你的親生父母嗎？」

「我只知道他們姓武井而已。」說真的我對原生家庭已經毫無記憶，只從無法生育的養父母那邊得知親生父親是日裔美籍，而親生母親則是來自加州的漂亮女孩，在我出生沒多久後他們就過世了，據說是工廠意外之類的。

「我教會孩子不對任何文化抱持偏見，這讓他和他妻子選擇收養你的時候發揮極大功能，然而，當我和他們來到孤兒院時，你親生父母留下的一件遺物讓我差點嚇到心臟病發。」他瞇起眼謹慎地看著我。「一本相簿。那是他們唯一留給你的財產，我在裡頭找到一張照片。出於私心，我將它藏了起來，我真的很抱歉。」他顫抖的右手探進胸前口袋，從裡頭掏出一張裝在夾鏈袋裡快要風化的老照片。

那是穿著西裝的加藤龍介。

他身旁有個和他有著相似笑容的女孩。

加藤驚訝地倒抽一口氣。

「……敦子？」加藤聽起來快哭了。

「沒人能解釋這張照片的來歷，但它就這樣真真實實出現在那本相簿中。」

「怎麼可能？但你不是說他家已經……」

「原諒我的衝動，小J，這就是我離開你們的原因，我必須找到解答。」爺爺皺起眉頭呢喃道。「這對你們都是太過殘酷的事實，我當時這麼想著，我必須找到答案但不驚動你們。」

難不成是加藤的妹妹？她不是被送走了嗎？我想起夢中目睹的那段對話。

「所以我親生父母原本是從哪來的？」

「那正是第一條線索，最後將我引領至洛杉磯。」

「他們原本住在那裡？」

「當我找到你親生父母的出生地時，我還知道你生父的父母曾在戰爭期間被送進集中營[27]……那真是國家的恥辱。我拿著那張照片跑遍洛杉磯，最後才好不容易在小東京（Little Tokyo）[28]附近找到你僅存的家人，你的曾祖母武井女士，在我找到她的幾天後就去世了。她是……戰爭前從日本來的照片新娘。」

「……她原本的名字是？」熟悉的暈眩感再度襲來，但我絕不能在這種時候失去意識。

「加藤敦子，她是這麼說的。小J，你是她的曾孫，加藤妹妹的曾孫。」

27 珍珠港事件後，美國政府將境內居住於太平洋沿岸的日裔人口強制遷移至數個集中營直到戰爭結束。

28 小東京位於洛杉磯，是個在二十世紀初形成的日人聚落，於一九九五年被列為國家歷史名勝。

10.

有一瞬間我懷疑這只是泰瑞爺爺的玩笑。

我多希望這只是個玩笑。

「這就是我找到的答案，小J。」泰瑞爺爺彷彿放下重擔般地笑著。「我在戰場上殺了你的家人，我永遠無法原諒自己，我對不起你……還有加藤。」

「別這樣說！那不是出於你自願的！」

「有些士兵永遠認為他們該那麼做甚至樂在其中，有些則是一輩子都為他們的身不由己感到愧疚，但我寧願相信所有士兵都在兩極之間舉棋不定。因為你，我終於能為過去犯下的錯找到救贖。」

「謝謝你為我做的一切……你讓我知道自己是誰……」我選擇繼續哭泣。

「我能做的也只有這些，或許還是會告訴兒子媳婦吧，但願他們能夠諒解。」他也快要哭出來了。「等會兒醫生要進來檢查，我們會再見的。」

「嗯……是的……再見。」我看著他的臉消失在螢幕上。

亨利坐在一旁，似乎在思索著要說些什麼，下一秒隨即被我緊抱著不放。

「好了別哭了，這樣很尷尬。」他不自在地扭動。

「抱歉！」我現在只想找個人抱著痛哭，什麼人都好。

他只好呆坐在椅子上搓揉我的頭髮，直到我的呼吸恢復正常後才掙扎起身。

加藤漠然望著螢幕，但我卻感到些許愉悅從他身上透出。

「我以為他們都死了。」他緩緩飄向我。「所以……這就是你能從夢境看見我記憶的原因？這就是你我之間的連繫？」

「也許是吧，我還真不知道我有如此勇敢的家人，有勇氣在戰場上說出自己並不想要戰爭。」我頓時覺得加藤的形體比之前更為明顯到近乎發亮。

「凡夫俗子是不會喜愛戰爭的，他們無法從中獲利。」他輕撫我的臉頰，一陣冰冷傳來彷彿刺進靈魂深處。

「戰爭永遠只會帶來傷害，它讓人變成野獸。」

「但我們依然試著在戰火中找回失落的人性，因為它始終存在。」他露出虛弱的微笑。「努力堅持著，即便用生命也要換得片刻真實的善意。」

「你和他爺爺都是相當勇敢的人，我不得不這麼說。」亨利敬畏地看著他。

「我們只想誠實地活著，僅此而已。」

加藤的周圍閃爍著點點微光，像幾隻螢火蟲繞著他飛行，最後化為更巨大的光點將他包覆其中。

托托跑了過去，他抱起小狗的鬼魂後對我們再次露出那個嘲諷的笑容，那似乎才是他，加藤龍介，命喪戰場的詩人該有的表情。

「我一生的最愛永遠是敦子，我的妹妹，或許這也是冥冥中註定好的事情吧。」他看著我，淚水從半透明的臉頰流下。「我寫給她的情書被父親發現了，那就是她被送走的原因。」

一陣劇烈的光芒讓我頓時失去所有感知。

當視線恢復後，加藤已經消失無蹤。

或許他們的愛最終讓敦子免於災難？抑或是迎向另一場泯滅人性的災難？

但是敦子活下來了。

我便是她活下來的證明。

「他……升天了？」亨利狐疑地掃視四周。

「也許從日本人的觀點來說……是成佛了吧？」我只能這麼相信。

幾天後，養父告知我泰瑞爺爺的死訊，但我並沒有感到太過悲傷。

「多精采的人生，身為他兒子我真的很驕傲。」養父如此評論道，顯然他並未知道所有真相，或許泰瑞爺爺最後仍決定讓一切成為祕密。

「他真的……是個不可思議的人。」我對電腦螢幕說道。

「可不是？雖然最後失去部分理智，他走的那天突然對我們說他殺死的一個日本鬼子來向他道別。」

我差點把咖啡打翻。

「什麼？」好吧，真的打翻了，不是翻在電腦上而是腿上。

「大概是我們找到的那顆骷髏頭的主人吧……欸小J，那東西是不是掛點的日本兵？」

「……顯然是。」

「時間一久這些老兵大概會覺得當初這麼做很殘忍，竟然把人頭像獵物一樣帶回來。那老頭從沒把它拿出來展示，恐怕是一回家就覺得恐怖吧？」

「或許吧。」我到處翻攪尋找衛生紙。「有個教授寄了篇相關的論文給我，我就順便把它轉寄給你好了，反正你最近很閒。」

「你爸年紀大了不適合那種艱澀的東西，總之心裡的大石頭終於放下來了。」他嘆口氣說道。「至於那個骷髏頭，你如果要去日本的話就順便帶去吧，我記得你年底要跟朋友去那兒玩，說不定能幫那東西找到安息之處，像靖國神社之類的。」

「拜託，靖國神社又不是隨隨便便就能進去的……」有時我還真不想跟養父溝通。「外加日本政府也會詳細檢驗後才願意承認這些流落海外的骨骸是當時戰死的士兵。」老實說這是兩國都不願面對的黑暗過去。

當你的鄰居曾將你視為猿猴般的生物屠殺又能安然度日時，你還能靜下心和他們打招呼嗎？選擇原諒，但並非遺忘，然而我甚至懷疑自己能做到，但我又有什麼資格憤怒？即使我深知憤怒永遠不是解決之道，那會滋長仇恨並再次燃起衝突，而人類永遠都在犯相同的錯誤。

我瞬間找到能讓早已枯竭的研究慾望恢復活力的泉源。

「那篇論文說的？」

「唉是的，你還是讀一讀好了。」

但我依然無法告訴他泰瑞爺爺帶走加藤的頭另有原因，我不知道該如何告訴他，還有身上流著的血緣自何處。

無數士兵從死去的敵人身上奪取紀念品，爺爺也做了一樣的事情，但動機卻截然不同。他清楚知道若在當時說出真相將會遭到什麼樣的懲罰，即便沒有一條法律能將他定罪。

他也同樣身不由己。

我記得曾在哪看過神風特攻隊倖存的成員訪問，他表示若不發誓為國捐軀就會遭到懲罰，就連家人也會被鄰里背棄。

泰瑞爺爺他……真的很勇敢。

我無法阻止悲傷再次湧上心頭，他明明解脫了，說不定還真的見到加藤，我應該為他感到高興才對啊。

亨利進門後驚慌地衝向我，無法理解室友為何會滿身咖啡對著螢幕大哭。

11.

我坐在窗邊望著旅社中庭的小花園，耳機正好傳來之前加進手機的歌曲。我們正在東京度假順便拜訪幾間圖書館，希望教授想要的東西能如願到手。

至於加藤的頭骨，我請託友人將它燒成粉末。我不知道泰瑞爺爺是否能接受，但我會選擇在假期結束回老家參加葬禮時將它灑進墓中。

「聽音樂？」穿著浴衣的亨利走向我，我實在懶得糾正他弄錯穿法這件事，不過這真的有點嚴重。

「狄倫的〈戰爭大師〉[29]。」我放下耳機試圖幫他整理穿錯的浴衣。

「我穿錯了嗎？」

「是的，變成死人了。」

「真丟臉。」他翻了個白眼。

「對了，晚點要去哪閒晃？」我希望能在這種寒冬時節整天窩在室內，但這樣就浪費了出遊的大好機會。

「去跳舞如何？」他扔給我兩張票。

「欸，你現在已經是牧師了，這樣好嗎？」這傢伙上週才通過申請正式成為牧師，似乎不太適合到夜店熱舞泡妞。

「需要放鬆一下，最近事情實在太多。」他從行李箱掏出衣服準備換裝。「教會的事、志

---

[29] 〈戰爭大師〉（"Masters of War"）是巴布・狄倫（Bob Dylan, 1941-）的反戰歌曲，使用傳統民謠Nottamun Town作為旋律。

工的事、那些信徒不該插手的事。」

「我幾乎沒聽你抱怨過志工的事情。」我記得他明明在兒童醫院當志工而且當得挺愉快啊。

「那不屬於抱怨範圍，只是覺得心力憔悴。」他終於把自己塞進牛仔褲。「你還記得我有次突然半夜出門找朋友嗎？」

「我還記得，你那天還看見加藤的鬼魂。」

「很抱歉對你撒謊，我出門是因為有個小病人快撐不住了，她很愛找我聊天，她家人那時突然告知我這件事。」

「噢……原來是這樣。」我驚訝地看著他。

「但她還是去世了。」他深深嘆口氣。「她喜歡那款手機遊戲裡的小怪物們，我很珍惜所有和那孩子談天的時光。」

所以這就是亨利最近常玩那款遊戲的原因？我以為他只是單純喜歡或跟風而已。

「我好像在強迫你回想難過的事情。」我突然感到一絲愧疚。

「不，說出來也好，悶在心裡會很不舒服。」

我沒上過幾次夜店，原因除了太吵和畏懼人群之外還真不知道要在那裡幹嘛，我又不會跳舞。

亨利看起來倒是挺有經驗的樣子，我真擔心他未來的工作。喔，差點忘記他曾經是個小混混，我真是個充滿偏見的混蛋。

「你不會後悔的！」他遞給我一杯飲料。

「謝了……」我有種會被他好好伺候的感覺，這讓我有點害怕，他知道我酒量差到極點而且還很愛整我。

「只是果汁而已，我可不想扛你回去。」

「你真是個好人。」好吧，或許他人沒這麼差。

舞池的人多到有點恐怖，但至少音樂還不難聽。

亨利面露期待地對我伸手。

「我不該這麼說的，亨利，但你讓我開始懷疑自己的性向。」我鼓起勇氣抓住它。

「這讓你感到焦慮？」他又露出那個欠打的笑容。

「……是的。」擁擠的人潮讓我立即撞上他。

他真的相當在行，整個晚上我都像木偶一樣，而他就是牽線的操偶師，我幾乎要懷疑那杯飲料裡是不是加了奇怪的東西。他沒做出什麼越矩的行為，但我的臉頰卻不斷發熱彷彿從沒這麼焦躁過，這感覺就像……愛？

我只知道傷心的歌。[30]一首歌這麼唱著。

「你似乎有話想說？」亨利喝了點酒，看起來比平常放鬆許多。

---

[30] 這首歌是混音版本的〈我在伊比薩嗑了藥〉（"I Took A Pill In Ibiza", 2015），原唱為麥克・波斯納（Mike Posner, 1988-）。

「這裡太吵了，需要安靜點的地方。」我覺得自己像羅曼史小說裡的老處女。

「聽起來像個邀約？」

「別想歪了！」這地方讓我缺氧，他看了我幾秒便把我拖出舞池。

回到旅社時已接近午夜，亨利面色凝重地在窗邊踱步。

「怎麼了？」我感到一陣不安。

「你知道我始終找不到心靈上的平靜。」他沮喪地低下頭。

「那需要時間。」我必須說點什麼來安慰他。「你已經成為牧師，這是很好的開始不是嗎？」

「我也有無法說出口的祕密。」他舉起雙手想要抓住我的肩膀，卻在猶豫一陣後放了下來。

「說吧，你是我的朋友。」

不安感越來越強烈，這簡直……像加藤從櫃子掉下來那天的感覺。

「你知道我過去曾在街頭流浪。」

「是啊，這我知道。」

「加藤和那條幽靈狗猜對一件事。」他還是抓住了我的肩膀。「我曾經……殺過人。」

「你……怎麼可能？」我頓時無法呼吸。

「幫派之間總有衝突，永遠需要一無所有的垃圾替他們幹些骯髒事。」他停頓片刻後繼續說道。「我本來打算金盆洗手，但那把槍就這樣交到我的手中，我無法拒絕。」

「所以……你真的下手……」噢，又是個身不由己的可憐人。

「那是另一個和我們敵對的黑幫大老，我在深夜溜進他家然後一槍打爆他的腦袋。乾淨俐落，反正他也做過不少骯髒事，我當時大概想著自己能替天行道吧。」

「這是你唯一殺死過的人嗎？」

「我多希望如此。」

我感到一陣冰冷。

「那天我宰了兩個人，當我闖入他家的時候，那混帳正在跟一個阻街女翻雲覆雨……你要是殺人總不希望有任何目擊者吧？」

或許這是我生命中的最後一刻。

「你為何……要告訴我這些？」我必須這麼做。

「因為我愛你。」

「什麼？」

「就像我愛著所有人一樣！」他爆笑出來。「噢！我很抱歉詹姆士，我嚇著你了！不該讓你知道這些的！」

「我比較擔心你會被通緝啊！」我不得不承認快被嚇到腿軟了，這比撞鬼還可怕！我是指他殺人這件事而不是誤以為他要告白這件事！

「條子根本懶得管我們！」他如釋重負般坐倒在地。「我很高興能把這件事說出來！」

「這就是你始終無法得到平靜的原因嗎?」

「是的,外加我其實認識那個阻街女……殺死她並不是為了滅口。」他哭了出來,這是我第一次看見他哭泣。「我喜歡她,卻在執行任務的前一晚看見她在暗巷裡和另一個女人擁吻……這讓我感到……很噁心,然而在扣下扳機的剎那,我卻後悔自己這麼做。」

我只能呆愣地看著他。

我必須做點什麼。

「我能這麼說嗎?你選擇宗教……是為了贖罪?」我握住那雙因為哭泣而劇烈顫抖的手。

「我不在乎那個被爆頭的黑幫,但我奪走了那女人可能的幸福人生!是的,詹姆士,我在為自己的行為贖罪!」他從來沒這麼激動過。

我只能緊緊抱住他任由淚水浸濕衣襟,同時也無法阻止眼淚不斷流出。

窗外飄起細雪,一些雪花在風中飄盪彷彿具有生命般地輕舞。

我看見加藤的身影,身旁佇立另一個面貌模糊的人影。

他們揮了揮手然後消失無蹤。

〈戰爭與和平與骷髏頭〉後記

雖然創作此短篇的靈感來自法蘭西絲・拉爾森（Francis Larson）的著作《一顆頭顱的歷史》（*Severed: A History of Heads Lost and Heads Found*, 2015）中關於戰爭戰利品的章節，但戰場上的人性微光卻在漫長歷史中仍能尋得。

在刻劃加藤龍介（Kato Ryusuke）與泰瑞・柯林斯（Terry Collins）這兩位不幸的二戰士兵時，筆者其實是想到電影《戰地琴人》（*The Pianist*, 2002）中波蘭猶太裔鋼琴家史匹曼（Władysław Szpilman, 1911-2000）在二戰尾聲遇見德國軍官歐森菲德（Wilhelm Hosenfeld, 1895-1952）的這段過往。對帝國幻滅的歐森菲德在戰爭中暗地幫助猶太人逃生，也在這場巧遇中協助史匹曼躲藏並提供生存物資。戰爭結束後，史匹曼繼續音樂家生涯，而歐森菲德則死於蘇聯戰俘營。

從十九世紀末至二戰期間的日裔美籍處境可參考大塚茱麗的《閣樓裡的佛》（*The Buddha in the Attic*, 2011）與山崎豐子的《兩個祖國》（二つの祖国, 1980），兩部小說皆參考大量史料與訪談寫作而成。另外則是大家可能較為熟悉的例子，也就是《星艦迷航記》（Star Trek）影集中飾演蘇魯的日裔美籍演員喬治・武井（George Takei, 1937-），他與家人曾被送進日人集中營。

或許人性永遠有善良的一面。

SHOW小說15　PG1783

學者之城

作　　者 / 金絲眼鏡
責任編輯 / 洪仕翰
圖文排版 / 周妤靜
封面設計 / 葉力安

發 行 人 / 宋政坤
法律顧問 / 毛國樑　律師
出版發行 / 秀威資訊科技股份有限公司
114台北市內湖區瑞光路76巷65號1樓
電話：+886-2-2796-3638　傳真：+886-2-2796-1377
http://www.showwe.com.tw
劃撥帳號 / 19563868　戶名：秀威資訊科技股份有限公司
讀者服務信箱：service@showwe.com.tw
展售門市 / 國家書店（松江門市）
104台北市中山區松江路209號1樓
電話：+886-2-2518-0207　傳真：+886-2-2518-0778
網路訂購 / 秀威網路書店：http://www.bodbooks.com.tw
國家網路書店：http://www.govbooks.com.tw

2017年5月　BOD一版
定價：260元

國家圖書館出版品預行編目

學者之城 / 金絲眼鏡著. -- 一版. -- 臺北市 :
秀威資訊科技, 2017.05
面； 公分. -- (PG1783)(SHOW小說 ; 15)
BOD版
ISBN 978-986-326-425-5(平裝)

857.63 106006162

讀者回函卡

感謝您購買本書，為提升服務品質，請填妥以下資料，將讀者回函卡直接寄回或傳真本公司，收到您的寶貴意見後，我們會收藏記錄及檢討，謝謝！如您需要了解本公司最新出版書目、購書優惠或企劃活動，歡迎您上網查詢或下載相關資料：http:// www.showwe.com.tw

您購買的書名：________________________________

出生日期：________年________月________日

學歷：□高中（含）以下　□大專　□研究所（含）以上

職業：□製造業　□金融業　□資訊業　□軍警　□傳播業　□自由業

□服務業　□公務員　□教職　□學生　□家管　□其它_____

購書地點：□網路書店　□實體書店　□書展　□郵購　□贈閱　□其他

您從何得知本書的消息？

□網路書店　□實體書店　□網路搜尋　□電子報　□書訊　□雜誌

□傳播媒體　□親友推薦　□網站推薦　□部落格　□其他__________

您對本書的評價：（請填代號　1.非常滿意　2.滿意　3.尚可　4.再改進）

封面設計____　版面編排____　內容____　文／譯筆____　價格____

讀完書後您覺得：

□很有收穫　□有收穫　□收穫不多　□沒收穫

對我們的建議：________________________________

____

____

____

請貼
郵票

11466
台北市內湖區瑞光路 76 巷 65 號 1 樓
秀威資訊科技股份有限公司 收
BOD 數位出版事業部

（請沿線對折寄回，謝謝！）

姓　名：＿＿＿＿＿＿＿＿ 年齡：＿＿＿＿ 性別：□女　□男

郵遞區號：□□□□□

地　址：＿＿＿＿＿＿＿＿＿＿＿＿＿＿＿＿

聯絡電話：(日)＿＿＿＿＿＿＿＿ (夜)＿＿＿＿＿＿＿＿

E-mail：＿＿＿＿＿＿＿＿＿＿＿＿＿＿＿＿